como não aprender a nadar

Como não aprender a nadar existe apenas na imaginação do autor e dos leitores. Personagens e situações foram inventados e, mesmo quando levemente baseados em pessoas ou fatos reais, possuem total autonomia ficcional. Não há intenção de crítica ou opinião.

Este livro foi revisado segundo o Acordo Ortográfico da Língua Portuguesa de 1990, que entrou em vigor no Brasil em 2009.

Diretora Editorial: Rosangela Dias
Revisão: William Oliveira
Capa : Clara Silva sobre foto de Jozias Benedicto
Projeto Gráfico: Clara Silva
Imagens da capa, foto do autor e miolo: Jozias Benedicto, da série "Piscinas"

CIP-BRASIL. CATALOGAÇÃO NA PUBLICAÇÃO
SINDICATO NACIONAL DOS EDITORES DE LIVROS, RJ

B399c

Benedicto, Jozias
Como não aprender a nadar / Jozias Benedicto. - 1. ed. -
- Rio de Janeiro : Apicuri, 2016.
220 p. : il. ; 21 cm.
ISBN 978-85-8317-047-1
1. Ficção brasileira. I. Título.

16-31040 CDD: 869.09
CDU: 821.134.3(81).09

08/03/2016 08/03/2016

[2016]
Todos os direitos desta edição reservados à
Moreira Dias Editora Ltda. — Editora Apicuri
Rua Senador Dantas, 75/505, Centro
Rio de Janeiro, RJ — 20031-204
Telefone (21) 2524 7625
contato@apicuri.com.br | www.apicuri.com.br

como não aprender a nadar

Jozias Benedicto

1ª EDIÇÃO

apicuri

Rio de Janeiro
2016

[SUMÁRIO]

Para Esther Williams, Johnny Weissmuller e
Greg Louganis, criaturas das águas

para Maria Lenk, que tentou mas não conseguiu
me ensinar a nadar

e para os que aprenderam

e mais ainda para os que (como eu)
ainda não aprenderam

"(...) a psicanálise e a literatura têm muito a ver com a natação. A psicanálise é em certo sentido uma arte da natação, uma arte de manter à tona no mar da linguagem pessoas que estão sempre fazendo força para afundar. E um artista é aquele que nunca sabe se vai poder nadar: pôde nadar antes, mas não sabe se vai poder nadar da próxima vez em que entrar na linguagem."

Ricardo Piglia. "Formas Breves"

"A Alemanha declarou guerra à Rússia. - À tarde, fui nadar."

Franz Kafka. "Diário, 21 de agosto de 1914"

1./ Geografia

"(...) andão em bando estes passaros, e se lhe dá o sol nas praias, ou indo pelo ar he coisa formosa de ver."

Fernão Cardim. "Tratados da terra e gente do Brasil"

Voo dos guarás, rubros sobre o azul-celeste. Estou na praia, na restinga cercada de dunas, de falésias, de arrecifes; me deito na areia úmida e olho para cima e vejo o voo das aves encantadas que são como contas de um colar de coral

e eu sou um guará do bando que voa, pequenas manchas escarlates, sou um deles batendo as asas no ritmo do bando seguindo alto alto e então olho para baixo e vejo: a cidade.

Ao sobrevoar a cidade que tão bem conheci e desconheço, voando perto do edifício mais alto, o topo do mundo, vejo duas grandes manchas verdes que se destacam entre o marrom o ocre o cinza o pardo dos telhados das casas dos ricos e dos pobres e as pedras com luzes de mica das ruas estreitas onde passa um bonde que em seu percurso infinito desenha um oito deitado e o centro de tudo o Cruzeiro e mais longe as invasões as favelas os mocambos as palafitas e mais longe ainda os manguezais e os braços dobrados dos rios que se encontram em seu lento caminho para o mar e

eu sou um guará e me separo do meu bando para sobrevoar sozinho a cidade e vejo as duas manchas verdejantes – a Quinta do Lebrão e o Outeiro dos Prazeres, oeste e leste, e minha memória de pássaro que guarda uma memória de criança me conta dos dois colégios, a oeste o Colégio dos Padres e a leste o Colégio das Freiras, e me conta das lendas de túneis secretos que ligavam as duas clausuras e as igrejas e o palácio e um escondido porto no braço de rio e me conta de noturnas cerimônias secretas e iniciações e rituais macabros.

O guará voa rasante pelos colégios que não mais existem, na memória de criança a algazarra das brincadeiras, a harmonia dos coros nas missas, o cheiro do incenso, o sussurro das confissões e o gosto-sem-gosto das hóstias, e então o guará sobe cor de rubi alto mais alto mais alto e olha de novo para baixo para a cidade e consegue ver no meio dos telhados cor de terra um retângulo azul-turquesa e ouve baixinho a música de jovens que dançam e

de cima, do alto, compreende que daquela piscina sai um filete de água um pequeno riacho subterrâneo que passa pelas outras piscinas, cheias ou vazias, e que vai engordando rumo às lagoas onde aflora e ao rio e ao delta e ao mar e finalmente chega ao longe ao muito longe

longe

longe para onde vão todos os guarás e para onde também vou, um dia, agora, por fim, descansar

2./ A casa com piscina

“A piscina não tem sal.
Eu não boio.
É lento o caminho para baixo”
Elvira Vigna. “Deixei ele
lá e vim”

A casa a mais bonita de toda a cidade. O que talvez não fosse grande coisa, era uma cidade pequena há muitos muitos anos, quando os ricos eram bem ricos e os pobres miseráveis e ainda humildes. Em uma cidade de ruas estreitas de um passado colonial decadente e de pobreza em bairros de invasões e palafitas, a casa era uma construção “moderna”, talvez um arquiteto ou um construtor que copiou de uma revista. Tinha tudo o que se podia desejar naquele tempo: uma piscina enorme; colunas em V em concreto armado, telhas e piso de cerâmica avermelhada, um espelho d’água em forma de ameba que circulava a varanda frontal refletindo um painel de pastilhas; pisos de parquet paulista bem encerado, quadros abstratos, luminárias em formato de tulipa, bandejas com asas de borboleta, vasos de murano com pó de ouro; um sótão e um porão; no quintal, para as crianças, uma casa de bonecas imitava um chalé, completo com cozinha e quarto e água corrente na pequena pia; um jardineiro e um motorista fixos; empregadas sempre de uniforme preto com avental de rendas; e se erguia majestosa bem acima da rua, no bairro onde vivia a vizinhança em casas e sobrados com modestos quintais acimentados ou nem isso.

(muitos muitos anos depois, quando a casa já velha foi vendida e demolida para o terreno virar um estacionamento, as netas e bisnetas reclamaram do pouco que valia: "e a senhora sempre nos falando que sua casa era a mais linda da cidade..." e a avó, que um dia fora a rainha da casa, chegava a pensar se não havia sonhado tudo, a casa, as festas, as luzes e a música, a piscina, os muranos que se quebraram...)

Uma festa, o menino tinha talvez uns quatro ou cinco anos, e lá estava, todo arrumado, com o conjunto de terno e calça curta comprado na loja O Príncipe na Avenida Nossa Senhora de Copacabana nas férias de verão no Rio, as botinas pesadas que ele tinha que usar sempre para corrigir o pé chato, e o cabelo cortado à príncipe Danilo com o topete armado de gumex. Ele era só um menino que queria crescer, que queria ser adulto, que odiava as calças curtas e as botinas e o gumex, que achava tolos os meninos de sua idade, que queria ser grande como os rapazes que já bebiam cuba-libre e já usavam calça comprida. Que queria ter uma namorada de verdade e beijar na boca. Os jovens tomavam cuba-libre e dançavam, ele olhava tudo e queria ser grande, estavam todos em volta da piscina, uma vitrola e discos, ele queria ser adulto mas não queria beber cuba-libre, já tinha provado e achado muito ruim.

Uma moça linda, Malvina, que tinha sido candidata a miss, gostava de ficar de mãos dadas com ele e beijava seu rosto deixando nele marcas do batom rubro e dizia "quando você for grande você vai ser meu namorado" (mas isso só antes de Gregório, o verdadeiro namorado dela, chegar).

Um dia quando Malvina beijou seu rosto ele foi rápido e virou a boca na direção da boca carnuda e carmesim, as bocas se roçaram e a moça ria compulsivamente e o menino pensou será que isso é que é beijo, só isso, coisa chata, mas ele sabia que não era só isso; e por saber, ele queria ser grande como o verdadeiro namorado de Malvina que quando chegava a fazia ficar calma só com sua presença; ele, o menino, pensava em um dia crescer e ter este poder de acalmar as moças, de transformar coca-cola em cuba-libre e de dançar no ritmo da vitrola sem tropeçar com o peso das botinas.

Os jovens dançam deslizam esvoaçam bem perto da piscina. Para o menino a piscina é enorme como uma piscina olímpica ou semiolímpica, como um lago profundo ou um oceano insondável. De repente uma das moças tropeça e cai na água escura iluminada por velas por estrelas ou vaga-lumes, mas a música não para, todos em volta olham, ela finge que vai se afogar, um *ohhhh*!, um dos rapazes tira a camisa para cair na piscina e salvá-la mas ela faz como que um salto de balé aquático e sai vitoriosa e molhada da piscina, uma ruivacenta ninfa das águas que se transforma em libélula; a música e a dança não param, um dos rapazes tira a jaqueta e agasalha a moça molhada e ofegante, um cuba-libre para esquentar, a música não para.

O menino está fascinado.

Todos se aglomeram na beira da piscina, ele sabe como é fácil fingir que foi empurrado ou escorregou, e sem hesitação se joga na água. Como uma pedra, pois não sabe nadar direito, as botinas pesam, mas consegue flutuar de alguma forma, tudo muito rápido, tira as botinas e em um momento é um peixe japonês, uma carpa cor de laranja, um ser marítimo, um príncipe Namor, meio sem fôlego mas como um afogado que se recusa a se afogar, uma criança se afogando. Malvina vem nervosa até a borda da piscina, Gregório tira rápido camisa e sapatos e dá um salto mortal, o menino bate os braços em um princípio de pânico pois está bebendo muita água com gosto de cloro e de peixe podre, a mãe do menino olha tudo impassível, Gregório puxa para fora da piscina o menino que Malvina abraça, com muita força, apertado, "você quase se afogou, meu querido, meu tesouro, está com frio?"

Volta para casa com frio. A roupa molhada, as botinas encharcadas. A mãe não disse nada, mas é claro que não gostou, a casa modernista não é dela, lá ela é só uma visita e tudo é tão perfeito e elegante e arrumado, e ainda por cima o filho resolveu fazer esta cena, agora ele está aí, uma criança molhada e com frio, ela sabe que ele vai sentir frio pela vida inteira, se não pegar uma pneumonia ou pior.

Volta para casa com frio, muito frio. Mas se sentindo meio adulto, ou pelo menos meio não-mais-criança. Um palco, uma piscina. Basta se jogar, não ter medo, respirar fundo e se jogar sem olhar para os lados, sem olhar para nada. Ter amor, se sentir amado, é difícil, a vida é dura, quando se é apenas uma criança e se quer ter tudo, e se vê que o que só se recebe são migalhas, uma promessa apenas do que se vai receber quando se for adulto; mas no fundo ele sabe que quando for adulto vai ser pior, mais difícil ainda, menos ainda, menos migalhas a preços muito maiores. Ele sabe. Ele é apenas uma criança mas ele observa, ele ouve, ele sabe.

Deitado, já sem as roupas molhadas, sua mãe lhe dá um beijo, na testa, de boa-noite.

Boa-noite, mamãe. Até amanhã.

3./ Aprender a nadar

Mergulhar. Expirar. Reter o fôlego, contar até dez, até cem. Subir à tona, expirar, inspirar, mergulhar. Bolhas, bolhas. Azulejos. Manchas de limo nos rejuntes. Soltar bolhas, contar até cem, até mil, até dez mil. Subir à tona, o pulmão queimando, o coração disparando. Solidão. Inspirar, mergulhar, a piscina é fria como a vida e como na vida se está só no meio da grade dos azulejos. Manchas. Bolhas, bolhas, bolhas, contar até um milhão como as estrelas como o universo frio como esta piscina como meu coração. Um trilhão, e eu um só. Subir como uma explosão, o ar o ar o ar. O pulmão disparando o coração queimando. O ar. Encher os pulmões mais uma vez, tentar acalmar o coração que. Mergulhar. Azulejos. Limo. Rejuntes. Grades. Bolhas, bolhas. Sangue.

4./ A rainha do lar

> "Ou me decifras
> ou me devoras,
> menino chato."
> Torquato Neto. "Dia"

Um pequeno cupido, um ratinho, um menino. Meu filho. Um momento de descuido, só isso, e ele parou de se mexer, ficou boiando na água azul-esverdeada, primeiro bateu as pernas e os braços loucamente como se quisesse nadar mesmo sem nunca ter aprendido depois aos poucos parou de se debater e ficou boiando na piscina, inerte, um ratinho, um momento apenas e

e agora estamos aqui, eu e meu marido, nos abraçando pois o anjinho se afogou e nem posso chorar direito, a toda hora perguntas e é preciso um boletim de ocorrência e também decidir o que fazer com o corpo, tão pequeno, tão...Um enterro, cremar, jogar no lixo?

Como é não ter mais meu filho?, como é eu mesma não ser mais eu? Só me reconheço quando me olho nas fotos, aquela mulher magra e decidida com uma roupa sóbria e elegante, recebendo um prêmio por um trabalho da maior relevância, os diplomas, uma casa bem arrumada em um bom condomínio. Eu e meu marido, um casal normal, jovens profissionais bem-sucedidos, eu vejo nas fotos e reconheço, mas quando olho para nós, aqui, respondendo às perguntas, não sei quem sou eu nem muito menos quem é ele, meu marido, um estranho. Ele me abraça com frieza, afinal perdeu o filho que era a coisa de que ele mais gostava, ele dizia. Por minha culpa. Claro que eu não tive culpa pois foi um descuido mas no fundo, no fundo da piscina, todos sabem.

Talvez todos saibam.

O pequeno cupido, o ratinho, a coisa de que eu e meu marido mais gostamos. Gostávamos. A coisa.

As fotos. Aquele eu do qual me lembro, no qual me reconheço, que queria apenas ser feliz e bem-sucedida, que ficou adiando a gravidez enquanto estudava trabalhava crescia e conquistava, uma profissional reconhecida e bem-remunerada; mas o marido quer, todos querem, todos cobram, exigem, as famílias, os amigos, os colegas de trabalho, todos perguntam quando virá e me olham como se eu fosse uma figueira seca amaldiçoada, tudo o que eu faça ou que eu conquiste nada vale nada pois nada adianta dizer que tenho o mestrado o doutorado o doutorado-sanduíche o pós-doc as viagens a trabalho, crescer profissionalmente de nada vale ser isso tudo uma excelente profissional o salário as gratificações as comissões os cargos de chefia os bônus de produtividade nada vale pois no fundo todos sabem e me exigem; eu sou uma mulher e todos exigem de mim isso: um filho.

Um filho.

Ninguém sabe nem quer saber meu valor no mercado de trabalho pois sou uma mulher e pensam que meu valor como mulher só é o de ser mãe, o ventre fértil, o ventre

mesmo que eu ganhe o dobro do que ganha meu marido mas ele é o homem o provedor o chefe da família e eu nasci para isso, para dar a ele um herdeiro, sem isso o casamento acaba e ele vai atrás de uma qualquer parideira minha mãe me avisou, minhas amigas, todas, um filho, e finalmente depois de muita luta, exames, tratamentos, promessas, simpatias, um dia a menstruação não veio e minha vida mudou o médico disse: risco, repouso, você já não mais uma mocinha, priorizar, ser mãe é sua prioridade máxima, a realização, se não for agora nunca mais

no trabalho negocio a licença, digo que vou tentar ficar até o último dia e voltar logo depois não quero perder os projetos, estou envolvida até o pescoço mas todos sabem que não é assim, me dispensam de imediato, fazem um café da manhã para minha despedida e me dão presentes, fraldas, brinquedinhos, todos estão alegres, muito alegres, é menos uma – eu – na disputa pelos projetos de primeira linha, pelas comissões, pelas gratificações, palmas para a idiota que sacrificou a carreira quem sabe um cargo na diretoria por uma gravidez se era assim tão necessário por que não adotaram uma criança ou duas até já grandinhas?

em casa repouso total absoluto eu vejo sinto os dias passarem e minha barriga crescer e crescer e crescer e algo que incha dentro de mim e meu marido me traz flores e minhas amigas me trazem fraldas e minha família diz "enfim" mas eu penso como é difícil a manutenção desta casa maravilhosa só com o salário do meu marido tão solícito e eu cada vez mais gorda mas "enfim" todos querem e me concentro em minha tarefa que vai me mudar vai me realizar vai "enfim" significar a minha transcendência: parir.

Parir.

Dopada, só uma lembrança no meio da névoa da memória: um choro fino e irritante.

Era meu filho, eu olhava para ele e não via nada, um ratinho, uma esfinge me fazendo perguntas irrespondíveis, o centro das atenções, a razão de minha vida, o para-raios de meu amor, do amor e da exigência de todos, famílias amigos conhecidos desconhecidos

diziam ele vai ser a razão de tua vida e eu olhava aquele pequeno cupido cada vez mais exigente e pensava que eu ia ter que cuidar dele sempre sempre anos e anos e ele ia cada vez me sugar mais o meu leite e a minha vida até eu secar, meu filho, nosso filho, tão desejado, é importante se dedicar, e lá estava eu, deixei a carreira tudo por aquela gravidez que eu nem queria muito, mas meu marido queria tanto, todos queriam e me fizeram crer que eu também queria, um herdeiro

herdeiro de quê? De tanta miséria que o mundo nos traz, de tantas expectativas, de tantas promessas de tanta dor e solidão.

Agora ele o filho o herdeiro está duro e frio e tenho que responder perguntas, ele meu marido meu homem meu companheiro minha metade aquela pessoa que apesar de vivermos juntos eu tão pouco conheço, ele também tem que responder perguntas, nos abraçamos, o abraço dele é frio como a morte, é frio como a piscina de nossa casa brilhando azul-safira como uma pedra preciosa engastada em um gramado verde-esmeralda bem cuidado, a casa dos sonhos, um condomínio com toda a segurança e vizinhos do nosso nível social

ser mãe é padecer no paraíso o segredo da liberdade é a eterna vigilância alerta sempre alerta o escoteiro ser mãe é desdobrar fibra por fibra o coração eu cresci o caminho perdi o avental todo sujo de ovo atenta atenta ela é a dona de tudo ela é a rainha do lar

e era ele, o herdeiro, o pai orgulhoso, as avós sorridentes e eu atônita, travada, insone, só pensava em descansar e em perder os quilos todos, toneladas, que eu tinha engordado, e eu pensava que quando ele saísse de mim ia levar com ele aquelas toneladas todas, não foi o que aconteceu, parece até que quando ele saiu de mim foi pior, fui inchando mais e mais e me olho no espelho e não sei mais quem eu sou nem quem eu fui muito menos quem serei.

No espelho: ele, frágil, ele, minguado, ele, meu filho, ele, o herdeiro, uma criança sedenta do meu leite, e eu com as toneladas todas dentro de mim, vomitando, vomitando sem parar,

minha mãe dizendo "já e já você melhora" e o ratinho crescendo em um lindo menino, a cara do pai, o sorriso da mãe, ou o contrário, nunca se sabe, a família horas discutindo sobre quem ele parece e eu tentando perder os quilos todos, calada calada, calada, emudecida, sempre calada e sempre atenta

pois é preciso ser sempre atenta e forte quando se é mãe, um momento de descuido põe tudo a perder, é assim, foi assim, sempre será, parece que fiquei séculos vomitando, atenta, lentamente perdendo quilos e olhando meu filho crescer,

elas se revezavam, as babás, às vezes minha mãe ou minha sogra, me ajudavam, nunca me deixavam sozinha, não sei o que seria de mim sem elas, sem meu marido que beijava o herdeiro com muito amor e me beijava na testa, depois saía e voltava tarde, mas eu sempre atenta, é preciso.

Sim, não se pode ter um momento de descuido, nem um só, eu sei, todos sabem, mesmo vomitando, mesmo deixando as babás fazerem tudo, mesmo eu quase uma inválida, nada daquela profissional com uma carreira sólida, mesmo assim sou a mãe e mãe é mãe e tem que ficar atenta, muito atenta, enquanto o ratinho começa a engatinhar e depois a se levantar e a andar pelo gramado verde-esperança e eu atenta atenta atenta e vomitando

e assim meu filho ia crescendo e assim o médico ia renovando minhas receitas com a tarja preta e assim as amigas iam me contando de como estava o trabalho, os projetos que eu perdi, as promoções, as novas oportunidades no exterior, em investimentos de risco, a expansão dos negócios, comissões mais altas, e eu só com a miséria da licença e a certeza de que quando voltasse, se voltasse, ia ter que começar tudo de novo, do início, mas onde conseguir energia para lutar, para voltar ao trabalho, para emagrecer?, e eu assim sempre cada vez mais feia e mais gorda por mais que vomitasse, mas sempre sempre sempre atenta

até que em um momento de descuido, um só, eu me descuidei, eu sempre tão atenta,

me descuidei e pela primeira vez prestei atenção naquela voz que me acompanhava há tanto tempo,

começou logo depois que ouvi o choro irritante do ratinho no berçário, mas eu não queria ouvir, fazia força para não ouvir,

uma voz que vinha dos elevadores, das bandejas com aquela comida de hospital, dos pacotes de gaze, dos corredores assépticos, das flores sem cheiro que encheram meu quarto, uma voz suave mas firme e perfeitamente audível e que me seguiu quando fui para casa, o tempo todo a voz até quando eu tentava dormir, uma voz que eu, atenta, me forçava a não ouvir, e foi assim:

nesse momento de descuido eu ouvi eu escutei eu prestei atenção eu entendi aquela voz que me perseguia desde que meu filho chorou pela primeira vez,

prestei atenção e entendi, em um segundo, em um momento de descuido, entendi e por fim fiz o que a voz me mandava fazer há tempos e que eu não queria ouvir,

fiz tudo muito rápido, decidida, certeira, um momento de descuido da babá e pronto e ninguém viu e quando terminei foi um alívio, senti que finalmente posso um dia talvez tentar

voltar

a ser eu

5./ Vizinhos

“Pensava que as noites de sonho eram piscinas fundas e escuras nas quais podia submergir. Às vezes, desejava com impaciência o definitivo disparo, que o redimiria, mal ou bem, de sua vã tarefa de imaginar.”

Jorge Luis Borges.
“O Milagre Secreto”

Inventaram que esta restinga era o melhor lugar para se morar, e por causa disso hoje deve ser o pior lugar. Em torno de mim e de meu prédio, foram demolidos todos os edifícios baixos, as casas, as escolas, as vilas e cresceram *apart-hotéis residence-services business-centers shopping-centers* e hoje me sinto como um baixinho, rodeado de galalaus, que olha para cima e só vê o céu muito longe.

(quando comprei o apartamento, os proprietários eram um velho casal de bichas, a soma das idades deles, da empregada e dos cachorros poderia estar no alto da pirâmide me contemplando, eu, o jovem napoleão com uma carta de financiamento da Caixa. Um deles era cego e inválido e o outro, mais velho ainda e um pouco menos cego, lastimava que quando herdou o apartamento dos pais dava para ver de um lado a lagoa do outro o mar e que agora, mesmo que sua visão ainda fosse boa, não ia conseguir enxergar mais nada)

A sorte do apartamento (e minha) é que se sobe uma escadinha caracol na área de serviço e se está em um terraço, um pequeno terraço, quatro passos para sul quatro passos para leste ou vice-versa e para cada ponto cardeal se esbarra em um alto muro dos prédios vizinhos; plantei hera nos muros e cultivo avencas, cogumelos e lesmas, mas pelo menos olho para cima e vejo céu, o azul-cobalto do céu, e no verão entre 10h43min e 13h17min o sol inunda o chamado terraço matando as lesmas, os cogumelos e as avencas, mas em compensação no inverno a chuva cai forte e se eu não tivesse colocado um cano para a água jorrar pela fachada do prédio acho que poderia me afogar no terraço. Sim, e o que o corretor chamou de uma piscina ("uma piscina de-alvenaria-com-azulejos-de-verdade, não é uma destas piscinas de-fibra-de-vidro-de-hoje-em-dia") e a bicha que ainda enxergava me chamou para ver dizendo com um sorriso nostálgico que era ali que eles davam as melhores festas, uma piscina, uma pequena piscina, duas braçadas apenas para norte duas braçadas para oeste, e que me dava tanto trabalho para manter azul-piscina que preferi esvaziar, cobrir com uma telha de amianto e mesmo assim no verão é o lugar mais fresco do apartamento depois que o vento do mar foi cortado pelos prédios enormes, e é lá dentro da piscina vazia que eu dormia, nos dias de calor, como se eu fosse um tubarão, com um dos olhos sempre aberto.

Quando comprei o apartamento ainda via um pouco da cor do mar no reflexo no vidro fumê da fachada de um dos prédios vizinhos, agora nem isso, mas basta olhar para cima e vejo céu. Vejo os biguás voando em coreografias marcadas, como coristas de um musical sem música. Vejo guarás, gaivotas, gaviões, garças, pombos, morcegos. Nuvens, *cirrus, cirrocumulus, cirrostratus, stratocumulus, nimbus, cumulonimbus*. Vejo e escuto os bem-te-vis, sempre me parece que eles cantam cada vez uma coisa diferente, nunca é "bem-te-vi", outro dia eles cantavam "*pay-per-view*". Vejo e escuto helicópteros, na maioria das vezes de passagem, mas às vezes como se de tocaia, andam em círculos sobre o que imagino seja uma das ruas ou a praça, ficam parados sobre algo que não vejo, ameaçam pousar e levantam voo de repente, dão rasante sobre prédios altos, e sempre penso que um destes helicópteros pode despencar e cair exatamente sobre meu assim dito terraço, aí eu desço correndo a escadinha caracol.

Quando mudei para cá o único problema era uma vizinha. Muito simpática, simpática demais. Convidava para um chá, eu recusava. Batia na minha porta e entregava minha correspondência que o carteiro tinha acabado de trazer, aproveitava para tentar entrar ou pelo menos olhar tudo, eu agradecia em um resmungo, batia a porta e ficava em casa sem fôlego com a ameaça. Uma noite eu estava com meus amigos fazendo planos para uma viagem de férias (no final foi uma viagem de sonhos, só que um dos amigos morreu afogado em uma praia paradisíaca), bebendo vinho branco, rindo, detalhando o roteiro, fumando uns, um jazz, tudo ótimo, nem foi até muito tarde. No dia seguinte encontrei a vizinha ao chegar no prédio e ela me disse, amável: "então, vocês vão viajar! Se quiser algumas dicas..." agradeci rosnando, assustado, "como ela soube?", me tranquei em meu quarto, não acendi a luz e fiquei tremendo e suando debaixo das cobertas bem uma hora, até entender que ela FICAVA O TEMPO TODO OUVINDO TUDO QUE SE FALAVA EM MEU APARTAMENTO!

A partir daí preferi encontrar com meus amigos em um barzinho ou na casa deles, e quando recebia alguém em meu apartamento colocava a música mais alto para abafar qualquer ruído ou conversa ou gemido ou grito.

Depois descobri que a vizinha passou a ler meu jornal, antes de mim. Eu tinha assinatura, o entregador deixava meu jornal na portaria; eu fazia sempre uma caminhada pela manhã; quando saía para caminhar, o jornal ainda não estava; quando voltava, lá estava ele; tudo aparentemente certo; até que um dia muito quente desisti da caminhada, e ela estava d.e.v.o.l.v.e.n.d.o m.e.u j.o.r.n.a.l para a mesa do inexistente porteiro. Foi a vez de ela ficar desconcertada, por um segundo só; depois sorriu, cínica, e disse "muito obrigada". Passei a ter nojo do jornal, usava luvas cirúrgicas para folheá-lo, quando a assinatura acabou não renovei.

Um dia, soube que a vizinha tinha vendido o apartamento e ia se mudar para o exterior, parentes, quem sabe. Respirei aliviado, os novos proprietários eram normais, a mulher da Receita Federal e o homem microempresário de organização de festas, ou o contrário. Eles jogaram fora muita coisa dela, muita mesmo: xaxins com samambaias secas, revistas velhas, cadernos em branco só com a primeira página escrita, bibelôs quebrados, garrafas vazias, calendários de muitos anos passados, remédios com validade vencida. Minha alegria era maior pois os novos vizinhos normais não eram de muita conversa, bom dia boa tarde e só, voltei até a assinar o jornal.

Mas minha alegria durou pouco, pois parece que eles não pagaram conforme o contrato e ela entrou com uma ação de retomada do apartamento e não demorou muito: uma mudança levava embora as malas cheias de decorações de festa e manuais do Imposto de Renda. Outra mudança trouxe de volta a vizinha, com novos xaxins, estes com samambaias por enquanto ainda viçosas.

A partir daí fiquei cada vez mais acuado. Quando passei a receber bilhetes sem assinatura, entrei em pânico.

Eu tinha que fazer alguma coisa.

Já não uso mesmo minha piscina.

* * *

O mais novo vizinho parecia ótimo, aposentado de alguma autarquia, não sei, bom dia boa tarde, o apartamento ficou vazio tanto tempo que é até estranho saber que voltou a ser habitado.

“Parecia ótimo”, disse eu, até que comecei a perceber de onde vem aquele assovio irritante. Ele assovia. O tempo inteiro. Ele não sai de casa, não tem um pobre aparelhinho de CD, um mísero 3-em-1, um rádio vagabundo, nada; mas deve adorar música, então o que ele faz? Assovia. O tempo inteiro. O pior é que não posso mais nem me refugiar na piscina. Do meu quarto eu ouço, da sala também, não são músicas reconhecíveis, são pedaços talvez de um improviso sem criatividade ou de uma memória apagada, mas ele vai em frente e assovia. O tempo inteiro.

Tenho que fazer, de novo, alguma coisa.

6./ De um caderno de capa rosa

1.

Se eu fosse uma estudante de História, eu talvez soubesse que em uma época muito antiga um nobre com sua tropa e sua família estabeleceu a sua fazenda seu sítio sua quinta exatamente aqui neste meio de nenhum lugar, conquistado de uma tribo de índios furiosos, a oeste do Cruzeiro que marcava o centro de uma ainda muito pequena cidade, uma vila, um povoado, e talvez por isso quando morreu sem herdeiros e a quinta foi herdada por São Bento, ao invés de se chamar com o nome do santo ficou Quinta do Lebrão, como o nome do antigo dono ou o nome de uma cidade perdida de Portugal dos antepassados do nobre ou o nome de um animal ali encontrado, sei lá, eu não sou uma estudante de História,

e talvez se eu fosse, eu saberia por que em outra época antiga muito antiga quando a Santa Sé quis construir nesta ainda pequena cidade um convento para as irmãs enclausuradas escolheu para isso o pequeno morrete a leste do Cruzeiro, uma região tranquila que se chamava de Outeiro dos Prazeres ou passou a se chamar assim pelos prazeres e os êxtases que as freiras obtinham nos seus encontros em oração com o Cristo Nosso Senhor mas ninguém imaginava que depois muito tempo depois, ouvi comentar, todos ririam irônicos ao falar do convento e do colégio e das moças ricas da cidade que estudavam nos Prazeres e como isso era engraçado pois já as mulheres-damas trabalhavam em um lugar perto do porto que se chamava de Nossa Senhora do Desterro, as mundanas tinham prazeres no Desterro e as moças tinham a castidade nos Prazeres, minha cidade é assim, toda cheia de ironias e contradições.

Mas não, eu não sou uma estudante de História, uma professora, uma historiadora, formada, doutora, eu não sou nada, sou só uma menina, apenas procuro fazer as lições que as freiras me passam no Prazeres, manter tudo bem arrumadinho, meus cadernos de capas coloridas uma cor para cada matéria na minha mesa no meu quarto e fico pensando em como é dura a vida de uma menina que já virando moça quer entender este mundo com tantas contradições e tanta maldade.

Se eu fosse uma escritora uma Jane Austen uma das irmãs Brontë ou mesmo uma M. Delly eu não estaria aqui divagando neste meu caderno de capa cor-de-rosa, estaria bem escrevendo um romance ou minhas memórias e começaria contando de minha família de quem eu gosto demais eu amo me dão muito me dão tudo mas às vezes eu queria estar longe tomando um navio para um país distante para longe bem longe deles. Meu pai e minha mãe, já velhos, muito brancos e calados, nasci temporã é o que dizem mas não me lembro de nada, é claro, e eles me prendem muito mas é que eu sou menina se eu fosse menino ia ser solto como o vento. Minha irmã, a Boba, já uma mulher mas não fala direito, só grunhe e não entende direito as coisas, destrambelhada, às vezes fica dias gritando, à noite quer fugir e minha mãe amarra ela na cama e às vezes ela fica bem mansinha e parece até que entende tudo, me abraça e quer me apertar no colo dela, gagueja umas coisas que parece que me chama de "nininha" e me beija e me baba e eu não gosto e fujo mas a maior parte do tempo fica furiosa e urra e quebra minhas bonecas todas. A Boba, minha mãe não gosta que chamem assim e só chama pelo nome, mas a sem-juízo parece que não tem nem nome, os vizinhos gritam por ela, "Boba! Boba!" e ela dança uma dança sem ritmo sem graça como um judas pegando fogo.

Se eu fosse uma santa como Doroteia ou Maria Goretti eu não estaria pensando besteira nem escrevendo sandices neste caderno estaria sim rezando e consagrando minha pureza ao Menino Deus.

2.

Se eu já fosse uma moça bonita e bem vestida casava com um rapaz muito alto e muito rico do Colégio dos Padres da Quinta do Lebrão, mas sou só uma menina sem graça e os rapazes altos e ricos todos não querem saber das meninas do Colégio das Freiras do Outeiro dos Prazeres, comentam que todos os rapazes vão é beber cachaça no Desterro com as devassas e brigar de faca ou canivete.

Se eu já fosse uma mulher casada e bem casada e rica eu mandava internar a Boba em um asilo muito bom, no Rio de Janeiro ou em Belo Horizonte onde as internas são bem tratadas e comem canja na ceia e quando tem crises e gritam ficam presas amarradas com cordões de seda.

Ontem a Boba acordou todo o mundo com seus berros, ela batia com a cabeça na porta e tanto fez que conseguiu abrir a tranca e pulou o muro do jardim e foi pra rua só de camisola gritando e meu pai correu pra rua de pijama e minha mãe ficou chorando no portão e meu pai pediu ajuda dos vizinhos, só com três homens fortes pra trazer ela pra casa, uivando, lanhada, a camisola em trapos e toda molhada nas partes.

Se eu fosse uma mulher rica de sociedade pelo menos as camisolas da Boba e os pijamas de meu pai iam ser de cambraia de linho a mais pura com os monogramas bordados em fio de ouro. E nas noites de lua cheia quando a Boba fica desatinada e frenética daríamos a ela um remédio vindo dos Estados Unidos da Alemanha o que há de mais moderno e mais caro e ela ia se acalmar e cantar pra mim uma cantiga de ninar.

3.

Não aguento mais escrever neste caderno, não sou mais uma menina, sou uma mocinha uma moça, minha mãe me explicou o que aconteceu comigo acordei suja de sangue e achei que ia morrer, não é nada não é nada, agora tenho que me guardar mais ainda pois já sou uma moça que tem que se conservar pura para o marido que vai vir um dia vai vir, alto e forte e louro e rico e me levar para sempre daqui desta casa desta cidade onde não aguento mais

4.

A casa de minha amiga é a casa mais linda da cidade e ela a minha melhor amiga. Na família dela não tem nenhuma boba, e os pais dela não são velhos como meu pai e minha mãe, são jovens e bem vestidos e dão festas na beira da piscina e todos dançam com os discos mais modernos e a mãe dela me pergunta "aceita um canapé?" e eu agradeço meio sem graça mas ela sorri tão bonito que eu fico à vontade e aceito, minha primeira festa lá, a festa não é de minha amiga e sim da irmã mais velha dela, uma moça maravilhosa que foi miss e que falou para minha amiga "você agora já é mocinha pode vir à minha festa e chamar uma amiga, uma só, chame sua melhor amiga, para vocês irem aprendendo a se comportar em festas antes de chegar a hora de debutar em um baile à noite no Clube", e assim aqui estou eu, minha mãe não queria deixar mas eu prometi tirar nota boa nas provas e ameacei nunca mais ajudar ela com a Boba e finalmente ela deixou e agora estou aqui e olho tudo com os olhos bem abertos pois quero aprender como é ser uma moça como é namorar um rapaz bonito como é dançar uma dança moderna, coisas que as freiras não ensinam, também como?, se elas não sabem isso, só sabem rezar e são feias e velhas e nunca amaram ninguém, eu não, eu quero ser bonita e jovem e amar e ser amada e ter filhos lindos e bem educados e também ter uma casa com piscina.

Um bonito rapaz com brilhantina no cabelo e um bigode bem aparado vem falar comigo, pergunta meu nome, diz que ainda não tinha me visto e que eu sou bonita e me pergunta se eu não quero beber um cuba-libre. Assustada, respondo que não bebo, ainda não tenho idade, ele ri com os dentes alvos e diz, "sempre é hora da primeira vez" e me dá para beber um gole do copo dele, uma bebida amarga, faço uma careta e ele ri de novo e diz, "vou preparar para você um bem leve", volta com um copo com bastante gelo e coca-cola, eu bebo mesmo sabendo que não é só coca-cola é cuba-libre mas ele disse que posso beber e me pergunta coisas sobre o colégio e se sou boa aluna e se é a primeira festa em que venho e onde eu moro e quem são meus pais e se já tenho namorado.

Respondo tudo meio sem graça, e bebo devagar, e não sei por que este rapaz já um homem está dando tanta atenção a mim, ainda uma menina embora já sendo moça, com tantas moças e misses dançando na beira da piscina, e quando ele me pergunta se eu não quero ir passear com ele pelo jardim ver o viveiro de araras que são a alegria da casa com seus gritos tão coloridos, quando ele chega muito perto de mim com o corpo suado e a respiração forte e tenta me apertar com seus braços de homem e fala alguma coisa no meu ouvido eu tenho medo e digo "com licença, tenho que ir, está quente, tenho que ir ao banheiro" e saio nervosa e meu copo cai no chão e quebra e todos olham para nós mas ele não se perturba e mergulha na piscina e quando estou indo meio sem direção a irmã de minha amiga vem até mim e me diz "coitadinha, está suada, quer ir comigo lá dentro se refrescar um pouco, retocar a maquiagem?" Rio, pois não uso nada de maquiagem sou ainda uma menina, só passei um pouco da colônia de alfazema para sair, mas ela segura minha mão e me leva pelos corredores da casa enorme até o quarto dela.

O quarto é todo cor-de-rosa, a cama tem babados de tule e cetim rosa e nenhuma boneca, uma penteadeira também com babados rosa e repleta de vidros de perfume, e ela tem um banheiro só para ela, cheio de espelhos. Umedece as mãos com um creme perfumado e massageia minha testa, meu rosto, minhas mãos, vejo sinto as mãos dela muito brancas sobre meu corpo moreno, fecho os olhos. Coloca a mão direita em meu peito, sente as batidas aceleradas de meu coração, com a mão esquerda aperta minha mão direita e a coloca no peito dela, sinto as batidas regulares de seu coração, e isso me acalma, e aos poucos volto a respirar tranquila, meu coração vai entrando no ritmo do dela, pausado. Tum. Tum. Tum. Ela fala alguma coisa com uma voz meiga, reclama dos rapazes que só pensam em se aproveitar de nós moças e de como não podemos nunca acreditar nessas mentiras. Estou calma e penso em abrir os olhos e voltar para a festa quando sinto que ela me abraça forte e busca meus lábios sinto o roçar de sua boca pintada de batom encarnado em meus lábios, não sei o que fazer, assustada, abro os olhos, ela me aperta firme e com ternura, está quente e corada, os cabelos cor de fogo me acariciam e me diz "você não é mais aquela criança, está ficando uma moça linda" e depois me fala e fala "se você deixar eu te beijar e beijar teus seios eu te conto um segredo"

um segredo, que segredo?, mas ela é carinhosa e abaixa minha blusa até a cintura e tira a blusa dela, o *soutien*, tenho inveja dos seios dela tão grandes e lindos, os meus ainda são os de uma criança quase mas ela curva a cabeça e cheira meus seios beija um mamilo depois o outro, meus mamilos ficam rijos e sinto vontade de me abandonar a ela. De me abandonar.

5.

Voltamos para a festa, ninguém notou nossa falta, ou pelo menos parece. Procuro minha amiga, não a acho, talvez ela tenha ido olhar as araras multicores com o rapaz de bigode aparado, apesar do defeito na perna dela, ninguém quase nem nota. É tarde, tenho que ir embora, daqui a pouco sei que minha mãe vem me buscar e eu já quero estar no portão esperando nem por nada no mundo quero que ela entre na festa me procurando e vejam como é acanhada, como é feia, como é humilde e mal vestida a minha mãe.

Ao me despedir da irmã de minha amiga, que bebe um cuba-libre e dança sozinha na beira da piscina, pergunto "e o segredo?, trato é trato". Ela para de dançar e me abraça, fala alto "obrigado por ter vindo, vou falar para minha irmã pra trazer você mais vezes" e, baixinho, no meu ouvido "você quer mesmo saber?"

Digo que sim. Afinal, já sou uma mulher. Ela me diz, ainda no ouvido: "A Boba. Sua irmã. Não é. É sua mãe", me solta de seus braços tão macios e cheirosos e volta a dançar sozinha na beira da piscina com o copo de cuba-libre e me deixa só, perplexa, humilhada, tentando encontrar um sentido para aquilo tudo e seguindo silenciosamente, sem olhar para trás, pelo jardim cheio de canteiros bem cuidados de rosas, jacintos, amores-perfeitos, petúnias, hibiscos, zínias, cravos, malmequeres, até o portão onde já me espera, os ombros encurvados, os cabelos secos e brancos e as rugas fundas, em um momento minguada em uma anciã decrépita, aquela que me acostumei a chamar de mãe e assim vou continuar chamando. Eu não chorei. Apenas decidi: Vou escrever tudo isso no caderno. Se eu fosse uma escritora.

7./ A peste

"A água te lambe, a água te abraça
a água te leva, a água te mata.
Nada, nadador!"
Jorge de Lima.
"Poema do nadador"

(Ele está sentado ao meu lado, ele, o ator ainda não tão famoso, absurdamente bonito nas telas mas aqui do meu lado apenas um sujeito normal ou quase normal, uma cara como de qualquer garoto bonito que vai ao supermercado 24h comprar cerveja para uma noitada e aí te olha nos olhos e oferece a cerveja, mas aqui não é um supermercado nem tem cerveja quente, o garçom volteia com taças de vinho e ele, sentado do meu lado bem perto fala em uma voz quase inaudível:)

Quando meu pai morreu eu tomei um porre, eu era muito jovem, não conseguia chorar e bebi bebi até não me lembrar de mais nada, mas mesmo assim não conseguia chorar, a única coisa que saía de mim era o meu mijo e o meu vômito.

Quando minha mãe morreu eu matei um homem, nada disso, isto eu li em algum lugar ou vi um filme, o que fiz foi pior, muito pior.

Quando minha mãe morreu eu fodi um homem, foi a primeira vez, eu saí do Cemitério de São João Batista deixando minha mãe, morta e sozinha, "por motivo de segurança", disseram, "as capelas fecham", não se fica mais em velório a noite inteira como foi com meu pai, eu saí a pé pela rua, pelo escuro do

Túnel Velho de Botafogo para Copacabana e fui até uma sauna, foi fácil, eu já havia lido anúncio em classificados, "perto do metrô", fui andando pelas ruas desertas, parava em um boteco e bebia uma cerveja ou um traçado, queria tomar outro porre mas agora eu já era um adulto não ia ter mais ninguém para tomar conta de mim na ressaca, então entrei naquela sauna escura

eu imaginava que se algum dia beijasse um homem ia cair sobre mim uma chuva de pedras incandescentes ou de gafanhotos de rapina, uma das pragas ou outro horror qualquer, e eu seria amaldiçoado para sempre, mas nada disso aconteceu, foi igual beijar uma mulher, pouco mais que línguas gosmentas e perder o fôlego. Nada de mais aconteceu, as estrelas continuaram em seu mesmo caminho e não havia nenhum gafanhoto nem louva-a-deus nem esperança.

Eu fodi e me fiz foder e doeu e era bom, e de mim saíam além do meu mijo e do meu vômito o meu suor e meu esperma em ebulição.

Depois que eu fodi e fodi me joguei, nu, em uma piscina aquecida, nem me lembro direito, só sei que a água tinha muito cheiro de cloro e me limpava, entrava em jatos dentro de mim, me massageava, me acariciava, uns michês entraram na piscina e tiraram a roupa também mas, diferente deles, eu estava puro, eu sempre estive puro.

Na manhã seguinte voltei ao São João Batista, olhei bem o rosto de minha mãe antes de fechar o caixão e levá-la para o escuro, e só então chorei. Eu era um homem, enfim.

8./ Retrato de família na borda da piscina

> “O verde condenável das piscinas”
> Lêdo Ivo. “Soneto à Nadadora”

1.

No dia mesmo do enterro da mãe, os filhos se encontraram com o pai na casa agora silenciosa.

Estava quente, e o pai chegando do cemitério tomou um banho de piscina, com mais de setenta anos ele ainda se considerava um atleta, mantinha a forma com sua rotina de natação e caminhadas, uma vida dedicada ao trabalho e às atividades físicas, uma boa aposentadoria, a pele sempre queimada de sol em contraste com o cabelo totalmente branco cortado bem curto.

Perguntou se algum dos filhos ou filhas ou genros ou noras queria cair na piscina para se refrescar mas ninguém quis, ele já imaginava que ninguém ia querer e deu umas braçadas na água transparente enquanto todos reclamavam do calor sufocante.

Os netos não foram ao enterro, meio de semana e não podiam perder aula ou estágio, afinal a avó estava doente há tanto tempo. O pai observou que ninguém estava de preto, ninguém mais usa preto em enterro, só em boates. O filho mais velho, o arquiteto, abriu a geladeira e pegou uma cerveja em lata, ofereceu aos demais, ninguém quis.

As filhas perguntaram ao pai o segredo do cofre, queriam ver as joias da mãe e dividi-las entre elas. As noras ficaram olhando, na expectativa, a mãe sempre dizia que quando morresse as joias seriam das filhas mas quem sabe os filhos proporiam incluir suas mulheres na divisão. A mãe tinha joias muito bonitas, embora nunca as usasse. O pai não disse nada. Quando as filhas insistiram, o pai respondeu, bem alto: "não, eu ainda não morri". A filha mais velha, economista de uma estatal, ainda tentou falar alguma coisa mas seu marido a puxou pelo braço.

Na borda da piscina ensolarada, o pai de sunga preta, dois filhos com suas mulheres, um deles toma a segunda cerveja, duas filhas com seus maridos, um cachorro lambendo as patas em silêncio.

Agora é a vez do filho mais novo (o advogado) falar, "papai, sem a mamãe o senhor não acha que vai ficar muito solitário nesta casa tão grande, muito...". O pai oferece uma cerveja para o filho e não responde. A filha mais velha diz, "ficar isolado, quem sabe um apartamento mais prático, perto da gente, vendendo a casa dá pra comprar um imóvel bom, confortável, aconchegante, e aplicar o resto do dinheiro..."

O pai não fala nada, entra na piscina e começa a nadar, uma duas muitas voltas na piscina, *crawl*, peito, costas, borboleta nadando nadando os filhos se entreolham e vão saindo casal a casal, ao sair gritam "tchau papai" para o velho que não ouve nada apenas nadando nadando nadando como se pudesse sair daquela piscina e entrar em um oceano de correntes frias até chegar a um mar gelado e escuro e nesta hora ele para de nadar e chora e as lágrimas se misturam com a água da piscina e fica feliz por terem todos ido embora e finalmente estar sozinho sozinho

Depois de se secar na beira da piscina ao sol do final da tarde, o pai se serve de um uísque. Um só, como ele gosta, com bastante gelo, e fica bebendo devagarzinho pensando na vida. A casa, silenciosa. Na estante da sala, porta-retratos: ele um jovem de uniforme do exército, a mulher uma jovem professora rodeada de crianças; uma foto do casamento, eles e seus pais empertigados olham a câmara; os quatro filhos em escadinha, os meninos de calça curta e camisa polo, as meninas de vestidos rodados com o mesmo laço na cabeça; depois, fotos de viagens, da formatura dos filhos, dos netos; uma vida.

Uma vida, ele pensa. Cada filho tão diferente dos outros apesar da insistência da mulher nas roupas iguais, como se almejasse ser mãe de um exército de clones. Um a um eles se foram, para cursos fora, casamentos, e hoje: estranhos. Estranhos. E ela, a bonita professorinha, que deixara de trabalhar depois de casada para acompanhar o marido nas viagens e para criar os filhos, controlá-los, com suas obsessões de limpeza e ordem, passou a vagar solitária e triste pela casa enorme, e o lento morrer sem coragem de sair da cama. E ele, vivo.

2.

Depois da missa de sétimo dia os filhos vieram mais preparados para a conversa com o pai, deixaram maridos e mulheres e foram só eles para a casa, os quatro, as mesmas crianças que um dia estavam rindo em uma foto em um porta-retratos em cima da mesinha de centro, agora adultos preocupados e querendo conduzir bem a negociação, combinaram antes entre eles e sabem o que deve ser feito.

Desta vez o pai não caiu na piscina, apesar de quente como no dia do enterro, mas fez questão que todos bebessem uma cerveja ou um vinho e começou a falar, de chofre, antes que os filhos pudessem dizer o já ensaiado: "Eu gosto muito!, mais que isso, eu amo vocês!, meus filhos, vocês são tudo o que me resta!" E levantou a sua taça de vinho branco para um brinde, todos agradeceram emocionados e falaram que também o amavam e pensaram "está no papo".

Aí o pai continuou, "como eu amo tanto vocês eu quero, a minha maior felicidade é sempre a felicidade de vocês, saber que vocês estão bem, e acho que a grande felicidade de vocês também é isso, fazer com que eu fique bem", agora os filhos apenas assentiram silenciosamente esperando o que viria depois, a partilha da casa, a distribuição das joias –

"Assim eu sei que vocês vão ficar muito felizes com o que eu vou dizer, eu não serei um fardo para vocês, quero continuar minha vida exatamente como era quando sua mãe era viva, a casa realmente é grande mas a manutenção não é complicada, vocês sabem que o condomínio faz todos os serviços de manutenção, até trocar lâmpadas, se eu me mudo para um apartamento perto de algum de vocês vou ficar dependendo, incomodando até para trocar uma lâmpada e isso eu não quero e sei que vocês também não querem". A filha mais velha diz, "o que é isso papai, não incomoda nada", os outros ficaram em silêncio. Ninguém teve coragem de falar das joias. Para quebrar o gelo, o filho mais velho pediu "papai, ainda tem outra cerveja?, e algum belisquete?". E tinha.

3.

Ninguém queria mandar rezar missa de mês mas o pai insistiu. "E missa de um ano, vai ter também", rematou. A missa foi muito rápida, o padre só citou o nome da mãe no meio de muitas outras falas, pedidos, comemorações, aniversários de nascimento, de morte, de casamento, graças alcançadas e a alcançar. "Missa comunitária", a filha mais nova (que se formou em psicologia mas não trabalhava) reclamou, "custa baratinho porque não é exclusiva, mamãe merecia coisa melhor".

O pai chegou na Igreja com a missa já começando, acompanhado de uma moça jovem e morena, queimada de praia e vestida muito discreta e elegantemente. "Uma negra", cochicharam as filhas, com uma boa dose de exagero. No final da missa o pai convidou para tomarem algo no bar de um hotel perto, "a vista é linda", e apresentou a mulher como "a gerente de investimentos do Banco, ela que cuida de todas as minhas aplicações". Tomaram espumante, apesar de ainda não ser meio-dia, e comeram patê e crepe de queijo *brie* com damasco.

A amiga do pai conversou com os filhos, que ficaram impressionados com o conhecimento que ela tinha de mercado financeiro, mesmo o mais novo que sempre foi muito crítico depois reconheceu com a mulher que "a mulatinha é muito bem preparada", e trocaram cartões de visita, "quem sabe mudo minhas aplicações para o seu Banco". As demais mulheres da mesa conversavam sobre os filhos e outros assuntos mas não deixaram um momento de observar o desempenho da amiga do pai, depois se telefonaram para comentar e tentar saber se a bolsa de grife era ou não falsa e onde ela teria comprado aquela roupa de linho fúcsia com tão bom caimento.

O pai observava a tudo impassível, e repetiu o espumante. Ao final, ergueu a taça e fez um brinde à vida. Todos brindaram.

4.

O anuncio foi feito a conta-gotas, em um almoço com um filho de cada vez. Vinho branco, e "você sabe que ainda sou jovem e quero refazer minha vida". O único que se surpreendeu de verdade foi o primeiro a receber a notícia, o filho mais velho, pois logo depois do almoço ligou para todos os irmãos, um a um, para contar a novidade; e cada um deles, quando chegou a sua vez, fingiu surpresa. Os filhos apoiaram, o arquiteto até fez um brinde e ficou com os olhos um tanto umedecidos, mas as filhas foram secas e disseram algo como "você é quem sabe o que tem que fazer com a sua vida".

5.

Foi em casa mesmo, uma cerimônia muito íntima, um juiz amigo, a mãe ainda não tinha feito nem três meses de morta. As filhas e noras tinham conversado entre si sobre se a noiva do pai iria de branco, e riam, irônicas; mas a noiva não foi de branco; e estava como sempre muito discreta e muito elegante; um vestido de seda verde-água; e o cochicho agora entre as filhas e noras era se o anel com uma pedra verde-escuro rodeada de brilhantes que ela usava era ou não o anel de esmeralda que a mãe tinha usado há muito tempo, antes de adoecer; diziam "não pode ser", "é sim", "ele não teria coragem", "pergunta a ele", "eu? nem morta!" e riam risos nervosos. Já os filhos e genros comentaram "sabe que ela é até bem gostosa?", "o velho é um perigo!", "vai ver que ele já comia bem antes da mamãe morrer ".

Quase ao final da festa a filha mais velha conseguiu ficar um pouco a sós com o pai. Deu os parabéns, desejou felicidades, falou que a noiva estava linda e muito chique, e perguntou como quem não quer nada, "pai, o senhor já abriu o inventário da mamãe? Não tem um prazo para isso?" O pai não respondeu, beijou a filha no rosto e foi se despedir de um casal amigo que ia saindo.

Quando todos foram embora e a casa voltou a ficar quieta, deitado na cama com a mulher, o pai, que era de pouco falar, disse, "a maior riqueza do homem é o tempo, eu queria poder comprar tempo, mais tempo para mim", ela o beijou e respondeu "você tem, nós temos, todo o tempo do mundo", ela estava nua e quente apesar do ar condicionado e transaram como se fosse a primeira vez deles, como se com os gemidos e juras de amor eles pudessem expulsar para sempre o silêncio da casa.

6.

Na mesma semana, a filha economista e o filho advogado marcaram um almoço, só os dois, "precisamos conversar".

"Vou ser bem franca com você, estou muito preocupada com esta situação, esta negrinha vai depenar o papai, e o pior é que vai acabar tirando até a nossa parte, o que a gente tem direito da parte da mamãe, imagina se ela engravida, claro que vai engravidar, ela é esperta, é jovem e o papai está bem de saúde, aí a gente vai ter que dividir tudo com uns irmãozinhos mulatos, já pensou?, se antes ela não passar tudo para o nome dela, que consultora de investimentos que nada, é uma mulher esperta que viu que o papai é o bilhete premiado da vida dela".

Concordaram: "precisamos fazer alguma coisa".

"Mesmo que seja uma medida radical".

"Acho que não podemos ter limites, eu topo qualquer coisa para resolver esta situação, não me conformo em ver o patrimônio da família indo embora no ralo, a gente sabe que é muito dinheiro, não podemos ficar inertes vendo a situação".

"Estas coisas custam caro e são perigosas. Tem que ser segredo absoluto, só entre nós, tomar a decisão, e se resolvermos fazer não podemos envolver mais ninguém, nem contar pra nossos irmãos, nem pra minha mulher ou pro teu marido".

Eles sabiam que tinham que resolver este assunto sozinhos. Desde pequenos os dois se identificavam como os mais fortes, mais frios, mais dedicados, mais persistentes, mais bem-sucedidos. Os irmãos que ficaram de fora do almoço e da conversa nunca iriam entender, muito menos apoiar, eram uns bananas, o arquiteto bonachão que marcava passo na carreira e a dona de casa que se formou só para ocupar o tempo até o casamento.

Conversaram muito. Beberam vinho tinto.

Na sobremesa já tinham um plano. A irmã não comeu sobremesa, ela estava sempre de regime. O irmão comeu um *brownie* com sorvete enquanto pensava em como fazer da forma mais discreta. Ele conhecia pessoas.

7.

Tudo conforme acertado, na maior discrição, como sempre trabalho. Antes, estudei bastante o local, uma casa grande e bonita, com piscina e um jardim bem cuidado, em um condomínio antigo com pouca segurança. Rota de entrada, rota de saída. Fotos e vídeos da casa. Fotos do casal, um velho conservado e uma mulher muito mais nova, bonita, morena, sensual. Segundo casamento, e a piranha está tirando o dinheiro dele, isso foi o que me disseram.

Enquanto o casal viajava levando o cachorro, fiz um ensaio, e foi tudo perfeito: entrei na casa, passeei pelas salas, pelos quartos, bebi até uma dose do uísque 12 anos, tudo tranquilo, saí da casa, ninguém notou nada. Uma casa arrumada, nada fora do lugar, muitos quadros, prataria, tapetes persas, luxo sem ostentação. O casal dorme em quartos separados, rico tem estas manias, o velho deve roncar muito e a morena tem sono leve. Ricos, com certeza devem ser muito ricos, deve ter muita grana envolvida, meu preço é alto.

Fui fazer o serviço, no dia marcado, e foi como no ensaio. Roupa preta, meu carro estacionado longe, vou caminhando pelo mato na beira da lagoa até a cerca-viva que separa a orla do condomínio, na preparação do serviço já deixei a grade cortada, presa apenas com uns arames que agora solto com facilidade, é o horário de troca de vigia e é uma noite sem lua. Jogo a carne de primeira, sangrenta, preparada para o cachorro que come e agoniza sem um ganido, entro na casa, tudo certo, já fiz isto tantas vezes mas cada vez é como a estreia, os sentidos todos atentos a adrenalina ao máximo cada gesto medido cada passo contado cada pensamento voltado para a minha tarefa.

Paro no corredor, em frente aos quartos onde estão o homem e a mulher. Do quarto dele vem um barulho forte de ronco e um cheiro de azedo; do quarto dela um perfume de flores e uma luz suave por baixo da porta.

Entro no quarto do homem, tudo muito rápido, silêncio.

Abro devagar a porta do quarto da mulher e paro. Ela está sentada na cama, nua. Olha para mim como se me esperasse. E diz com uma voz firme: "vamos conversar".

Parece um conto do Rubem Fonseca, parece ficção, mas não é, é a vida real, e estou acostumado com a vida real. Irmãos que encomendam a morte do pai e da segunda mulher dele, e é esta mulher que me olha, nua, sentada na cama, e quer conversar. O matador do Rubem Fonseca diz que não mata mulheres nem anões, eu mato mulheres sim, anões nunca me aconteceu, mas me sento para conversar, sem largar minha arma apontada para ela, não aceito a bebida que ela me oferece mas abro o pequeno cantil de metal e couro que levo no bolso e sirvo duas doses de uísque, cowboy, *uma para mim outra para ela. Ela fala,*

8.

A faxineira estranhou o portão aberto, os rastros de sangue no jardim, a porta de entrada com marcas de arrombamento. Entrou em pânico quando viu o cachorro morto boiando na piscina, seu sangue turvando a água sempre viva e azul. Dentro de casa, apenas o silêncio no quarto do patrão, enquanto o quarto da patroa estava aberto e com tudo revirado. Abriu a porta e o patrão parecia dormir, "só que não roncava". A patroa ("na verdade ela não é minha patroa, minha patroa morreu, ela é a segunda mulher do patrão mas me tratou muito bem, sempre me tratou muito bem") não estava em lugar nenhum.

A prataria havia sumido, o cofre estava aberto, escancarado, vazio; no quarto da mulher, apenas algumas roupas, nada de joias nem de documentos.

A polícia constatou que as marcas de sangue no jardim formavam uma trilha que levava até a divisa do condomínio com a lagoa, passavam pelo buraco na cerca e iam até a água, com isso a suposição é que a mulher tinha ido ou sido levada, ferida ou morta, a um barco, ou simplesmente jogada na água fétida. Os filhos tiveram que registrar uma queixa de desaparecimento da mulher do pai, e alguns dias depois um corpo foi encontrado boiando nas cercanias do condomínio; apesar de muito apodrecido, mesmo sem muita certeza reconheceram como sendo a mulher, todos queriam resolver logo o caso.

Latrocínio, autoria ignorada, foi a conclusão do inquérito. O filho advogado conhecia o delegado titular da região, acompanhava tudo, cuidou que os policiais não passassem informações para os jornais, e explicou para os irmãos: "latrocínio quer dizer roubo seguido de morte".

A grande surpresa para os filhos foi quando foram tomar pé da situação financeira do pai: as contas estavam com o saldo totalmente zerado. A casa havia sido vendida com uma cláusula de entrega em três meses; mas o dinheiro da venda da casa também havia desaparecido. Conseguiram achar o corretor que fez a venda, e ele disse que o pai ia comprar uma casa nova em Miami, ia se mudar com a mulher para lá, o dinheiro havia sido depositado no exterior. Conversaram com o comprador que mostrou a escritura onde constava que a compra havia sido paga em caixa em moeda corrente nacional. Argumentaram, tanto dinheiro assim, só se fosse um caminhão, mas o comprador ficou impassível, a escritura estava perfeita e já registrada. Ainda ameaçaram anular a escritura, o pai era viúvo e não tinha feito o inventário da mãe deles, então a casa não poderia ter sido vendida; mas (ninguém sabia) quando a mãe ainda era viva a casa havia sido passada para o nome de uma empresa, do pai, e é a empresa que havia vendido o imóvel. Nada a fazer pelas vias legais.

A casa tinha sido vendida com tudo dentro "porteira fechada, está na escritura". A filha mais nova perguntou surpresa: "mesmo a coleção de xícaras de porcelana da mamãe?" O comprador respondeu, "minha senhora, pode levar essas xicrinhas, eu ia mandar para um brechó beneficente, assim me poupa o frete. E antes que vocês perguntem, os quadros não valem nem a moldura, os pais de vocês tinham muito mau gosto ou se assessoraram mal, arte é investimento mas eles só compravam coisas baratas ou reproduções".

O filho arquiteto tinha contatos no mercado de artes, e lembrava ter sempre ouvido os pais falarem que o presente de casamento que ganharam do amigo Embaixador era um quadro, que ficava na sala de jantar, pintado por uma artista jovem que depois tinha feito carreira internacional, com pinturas a preços altíssimos, cotadas em dólar ou euro, disputadas em leilões no Brasil e no exterior. Ele foi até a casa, lá estava a tela, enorme, quase a parede inteira, nunca tinha gostado muito das cores exageradas e absurdas, mas devia valer uma nota, tanto dinheiro que podemos tentar enrolar o comprador da casa ou pelo menos fazer um acordo com ele. Com o celular fotografou o quadro, marcou uma reunião com uma especialista em leilões de arte, que o recebeu muito amigavelmente até que ele disse quem era e mostrou a imagem; ríspida, seca, a mulher busca um catálogo na estante, aponta uma imagem da mesma tela e explica: "seu pai já havia colocado para venda há algum tempo, foi outro recorde de valor do metro-linear das pinturas da artista, nossos negócios são feitos na base do sigilo...". "Mas eu fotografei esta tela hoje, na sala de jantar da casa do meu pai!", e a leiloeira retruca, irônica, "vê-se que o senhor não entende nada do mercado de artes, para não desfalcar as paredes o seu pai mandou fazer uma impressão digital a partir da imagem, muita gente faz isso, não custa caro e a tecnologia é boa, para os desatentos até parece o original, mas é claro que olhando de perto falta a marca da pincelada, a textura, a matéria de uma verdadeira pintura como essa, uma obra-prima..."

A nova gerente de investimentos no Banco conhecia a mulher do pai, haviam sido colegas, mas não sabia de nada, ela havia pedido demissão quando casou e depois não voltou mais "nem para uma visitinha".

O contato do filho mais novo com o executor do plano era só por um e-mail, e ele recebeu umas fotos de uma mulher morena nua e ensanguentada; e instruções de como deixar a segunda parte do combinado. Ele respondeu: "que garantias eu tenho que a mulher foi mesmo morta também?" e a resposta foi: "nosso trabalho é feito na base da confiança, e vcs não estão em posição de descumprir nosso trato, vc sabe que eu sei tudo sobre vcs e não vou deixar barato qq esperteza, ats". No dia combinado as muitas cédulas de dólar estavam em um grande pacote de papel pardo na lixeira do estacionamento do *shopping* vazio.

9.

A filha mais nova era a única que tinha tempo livre e foi com a empregada fazer a arrumação da casa para entregar ao novo dono. Pouca coisa aproveitável. Abrindo um armário no corredor, encontrou caixas e caixas de um remédio, ainda lacradas com uma etiqueta do plano de saúde da estatal onde a irmã trabalhava. Estranho, pensou. Todo mês a irmã entregava para o pai os remédios da mãe, fornecidos pelo plano de saúde, remédios caros para a doença da mãe, e então o pai (ou a mãe) nem abriam as caixas. Estranho. Contou as caixas, muitas com o prazo de validade vencido, todas fechadas, sem uso. Separou umas poucas para mostrar para a irmã, e jogou o resto fora. Agora que os dois estão mortos ninguém vai saber o que aconteceu realmente.

A empregada entregou à filha mais nova o que tinha achado no quarto do pai. O anel, uma esmeralda rodeada de pequenos brilhantes. Estava embaixo da cama, ao lado de camisinhas usadas e revistas velhas e muita poeira.

A irmã pensou, pelo menos esta joia da mamãe conseguimos salvar, colocou o anel no dedo e viu que servia perfeitamente, como a única herança a única lembrança da mãe morta que não chegou a ver tanta loucura na casa onde ela tanto zelara pela ordem. Passou uns dias com o anel, até que resolveu dividir com a irmã, talvez comprar a parte dela. Levou a um joalheiro amigo. E veio o diagnóstico: “falso, não é joia, é bijuteria, uma boa réplica”.

De início chocada, depois riu. E entendeu tudo, ou pensou que entendeu. Falso, falso, tudo falso. Deu de ombros, afinal podia ser muito pior. Sempre pode.

9./ Respirando

Às vezes ele acha que está indo para o fundo de um poço sem fundo. Pensa no tempo perdido, nas escolhas erradas, nos mortos que carrega e carregará até que ele também seja um morto, e pensa que talvez ninguém o carregará, morto, além do intervalo entre o velório e o sétimo dia. Imagina os tumores crescendo dentro dele, sonsos, ou as artérias cada vez mais entupidas e esgarçadas. Ou as balas perdidas e as facadas ciumentas e os ônibus desenfreados e os meninos de rua enlouquecidos. Ou os envenenamentos lentos e os mosquitos traiçoeiros e os vírus inéditos e as bactérias invencíveis. Imagina, e não dorme, ou dorme demais, quando queria apenas respirar e ceder à tentação de flutuar

E se fôssemos assim pelo ar

Voando

Ou, pesados que somos, não voando, caindo e se espatifando no chão?

Às vezes ele acha que está indo para o fundo escuro de uma noite escura. Pensa em desistir, não de uma vez, desistir de tudo, sim, mas de uma coisa de cada vez, devagar, uma renúncia por dia, até que em semanas ou meses ele seria apenas

Mergulharmos até o fundo

No fundo, sentados, pernas cruzadas, abrirmos os olhos

Sem respirar

Olhos abertos nos olharmos sem respirar

(Morrer assim te olhando no fundo na mesma posição que eu sem respirar)

A visão, negra, é o oxigênio que falta, morrer assim, o primeiro que desistir perdeu

Segurar ao máximo o pouco de ar no peito e se preparar para morrer assim, te olhando morrendo assim também

Segurando o pouco de ar no teu peito até que

Irrompem os dois na superfície da piscina como um salto às avessas, quem desistiu primeiro?

Às vezes ele se culpa por não ter desistido antes, muito antes, teria sido tudo tão fácil. Por não ter desistido, ele tinha obrigações, cada vez maiores e mais banais: acordar, falar com a empregada e com o porteiro, ter que pensar em se alimentar, em pagar as contas, em ter dinheiro para pagar as contas. Em ter que fazer supermercado, abrir cartas (só contas), atender telefonemas (só *telemarketing*), marcar hora para conversar com o gerente do banco, marcar alguma coisa com alguém que poderia resultar em uma trepada e no fundo ficar aliviado quando o encontro não resultou em uma trepada

A gente se vê!

Sim, claro! Gostei de você!

Eu também! Da próxima vez podemos...

Sim, quem sabe, a gente vai se falando e obrigado pelo chope e pela companhia

É que desistir não é fácil, ele sabe. Antigamente, muito antigamente, quando era jovem, ele teve um caiaque em uma casa em uma praia, um simples caiaque em fibra de vidro e remos de alumínio e borracha. A casa era uma festa eterna e todos imaginavam que ele devia ser muito feliz com isso tudo, mas ele ficava olhando o caiaque e pensando: um dia vou remando saio desta baia de águas calmas e quentinhas e vou remando é fácil, chego ao mar aberto onde já vem a corrente fria do Polo Sul a mesma que traz os pinguins e aí fica mais fácil, não vou precisar nem remar eu posso até fechar os olhos e seguir pelo mar aberto, o alto mar, o sol, a água salgada, feridas em minha pele, sede, insolação, minha boca e a visão negra e

mas ele não fez nada disso quando era jovem e era moda morrer jovem, hoje ele não é mais jovem, é um velho cheio de mortos para carregar, está às vezes no fundo de uma noite escura de um poço sem fundo de uma piscina que não existe mais.

Ele tenta e tenta. Já que está vivo (merda!) ele sabe que tem que viver, continuar os jogos, ler as cartas que o carteiro traz, jogos, dizer para a empregada o que fazer para o almoço o jantar, jogos, mesmo não acreditando em jogos

Gostei de te conhecer, foram momentos maravilhosos!

Ele sabe que tem que tentar acreditar, mais uma vez, ou então mergulhar para sempre no poço sem fundo.

10./ No início das noites

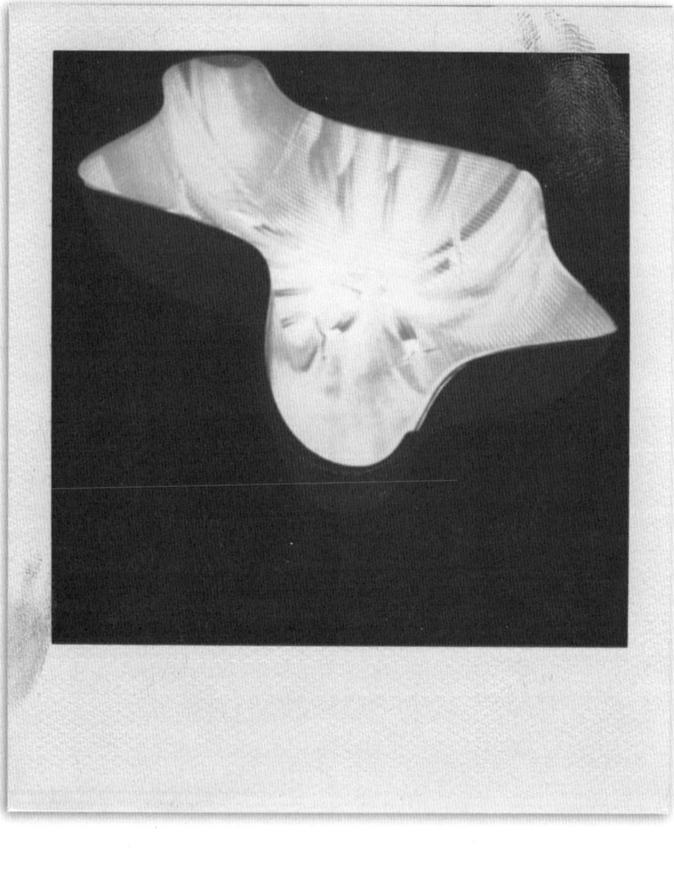

"In the beginning
I misunderstood"
John Lennon & Paul McCartney.
"The Word"

Um dia minha amiga Denise, amiga do trabalho, me chamou para ir a um churrasco na casa da família dela, longas horas de metrô e de trem e depois a pé em uma rua que acaba em uma ruazinha de terra, até chegar a uma casa bem legal cercada de casas com muros altos.

Fiquei amigo de toda a família, sou muito à vontade, curto esta coisa de subúrbio, gosto de verdade, falei pra Denise, me chama de novo pra outros churrascos, adorei. E passei a ir sempre.

Um dia o Haroldo, irmão de Denise, segura minha mão e me diz: "quero ficar com você". Finjo que não entendo, "você pode ficar aqui comigo enquanto todos estão lá fora, depois a gente volta pra lá". Ele aperta minha mão e tateia meu rosto, meu peito, minhas coxas, meu pau, "eu quero transar com você", ele diz, "eu quero você".

Haroldo tem só vinte anos e é bonito como Denise, a irmã mais velha e que faz o maior sucesso no escritório, mas ele é diferente dela, ela é extrovertida e ele é virgem, todos sabem. Ela comenta sobre isso, a virgindade do irmão e como Ester, a irmã bem mais nova, muito bonita também, está crescendo e deixando de ser criança mas é uma mocinha muito sensata.

Beijo Haroldo na face, um beijo de irmão, e digo, "você tem certeza do que quer? você é muito jovem". Ele diz, "quero, acho que sempre quis ficar com homem, mas nunca tive coragem, com você é diferente, confio em você". Rio, pergunto, "só confia?" Ele responde "tenho tesão", e aperta meu pau, me abraça. Eu o beijo, nos beijamos, depois o pego pela mão e voltamos pro churrasco.

Do lado da churrasqueira, uma enorme piscina de plástico é o centro de atenções; as crianças pulam na piscina, a água espirra sobre todos, Ester faz uma dança solitária dentro da piscina, de olhos fechados; os adultos também ficam na piscina e em volta, bebendo e conversando, cerveja, uísque, caipirinhas, caipivodcas, trago Haroldo pela mão e nos sentamos ao lado da piscina. Enquanto as crianças pulam e jogam água para todos os lados, eu e Haroldo estamos de mãos dadas e a água da piscina respinga sobre nós e Ester continua sua dança em seu próprio ritmo, como se ouvisse uma orquestra à distância, como se fosse uma ninfa das águas, enquanto as crianças pulam e os adultos bebem caipivodcas, caipirinhas, uísque, cerveja.

Falei para o noivo de Denise, "Fernando, acho que vou entrar pra família, pra família da Denise". Ele ri, "Esterzinha é ainda quase uma menina", eu digo "não é com Ester", ele espantado me olha e eu digo só, "Haroldo". Ele faz uma cara de nojo, de quem quer me dar uma porrada, mas Denise o acalma, e começa a falar, lenta e convincente. Diz que Haroldo está em uma fase de indefinição, de querer experimentar, até para saber se é isso mesmo, e o melhor seria experimentar comigo, quase da família, pessoa de toda confiança dela e de todos. Concordo e digo que imagine se ele resolve experimentar e pega um sacana, um devasso, uma pessoa que poderia levar ele pras drogas ou pras doenças, más companhias? Eu nunca vou machucar Haroldo, e se ele concluir que não é isso, que foi só uma experiência e que não quer mais ficar comigo, eu não vou exigir nada, não vou sofrer, vou continuar a amizade como se da família.

No meio do churrasco, bêbado, Fernando me abraça quase chorando e diz, "obrigado", eu entro no abraço apertado dele e digo, "tudo bem, você não precisa agradecer", ele continua agradecendo e diz em uma voz quase inaudível em meio ao som do pagode: "um dia eu também vou querer experimentar", finjo que não entendo mas aproveito o abraço para segurar furtivamente o pau dele, ele beija meu pescoço, desfazemos o abraço.

O churrasco segue e Denise diz para os pais que eu já vou, tenho que ir cedo, até a zona sul um longo caminho, e que Haroldo vai comigo, passar o resto do final de semana na zona sul, ele quer muito ir à praia neste final de verão, para não se preocuparem, eles sorriem, será que sorriem aliviados?, é a minha impressão, estou bêbado, me despeço, beijo a mãe de Denise que finge que enxuga uma lágrima, aperto a mão do pai de Denise, abraço Fernando, abraço e beijo Denise, dou um beijo no rosto infantil da Ester, já estamos no portão quando Denise nos chama, "Haroldo, esqueceu a bengala?"

Me viro pra trás e digo apenas: "Haroldo comigo não vai precisar da bengala branca. Nunca mais".

(Dois dias depois, estava em todos os jornais, na TV. Demorei a entender, parecia alguma coisa que se passava em um país estranho, na Bósnia, na Armênia, na Transilvânia, um massacre. Tentei esconder do Haroldo, mas ele ia ter que saber mais cedo ou mais tarde. Final de festa, o churrasco ainda rolava, quando os mascarados chegaram, em suas motos e carros, os vizinhos os ouviram chegar mas ficaram fechados em suas casas fechadas, no dia seguinte apareciam na TV contando, os mascarados chegaram e bateram na porta e já entraram atirando. Todos mortos, até as crianças. Até o menino que caiu de roupa na piscina de plástico, como um peixe, uma carpa, morto. Os vizinhos acham que a Ester tão novinha tinha se envolvido com um marginal; ou que o Fernando tinha dado um banho em um traficante; ninguém sabe ao certo; ninguém nunca vai saber)

11./ O fim dos dias

"And in the end,
the love you take
is equal to the love
you make."
John Lennon & Paul McCartney.
"The End"

Entregar esvaziar desocupar uma casa um apartamento é morrer um pouco. Não quando se é jovem e se está na rota ascendente: conjugado, quarto e sala, dois quartos, três quartos, cobertura...

Quando já se começou no topo da linha – em um bairro bom, uma pequena cobertura que meus pais me deixaram ao se espatifar em um absurdo acidente aéreo, um helicóptero caiu justo em cima da cabeça deles quando eles passeavam na orla – e quando se viveu ali anos e anos e anos, acumulando afetos e jornais velhos, acumulando LPs, fitas cassetes, CDs, DVDs e LPs novamente, acumulando dinastias de cachorros e samambaias e bromélias e cactos, acumulando memórias de festas, fotos analógicas e digitais, dedicatórias, lembranças; e perdendo, cada vez mais, os dias o futuro os projetos a visão a memória. Aí é morrer um pouco, ou um muito.

Chega a hora de sair, jogar tudo fora, tentar vender algumas coisas (quem compra?), será que alguém um dia vai querer estas roupas velhas e que guardam ainda o calor de nossos corpos, o suor de nossas festas, um tempo que passou e perdemos, nunca vou querer saber quem ficou com o que deixei.

É muito difícil mas estou com tempo. Tempo, a maior riqueza do homem é o tempo, ouvi isso em algum lugar, ou li em algum livro de autoajuda. Quando fiz o primeiro exame já sabia. Uma questão de tempo, não é muito, mas para mim é bastante, o suficiente para acertar as coisas todas. O segundo exame só confirmou o que eu já sabia, já tinha certeza, é ridícula a cara compungida do médico, apenas pergunto: "quanto tempo?"

O suficiente para levar sacolas e sacolas para os brechós, estou até gostando desta nova atividade, alguma coisa compram, a maioria pedem pra deixar e fazem inúmeros recibos de consignação que eu rasgo antes de chegar em casa. Não adianta guardar, não vou estar aqui para receber o dinheiro do que for vendido.

Faço tudo sozinho, claro. Ele não vê mas é claro que ele sente, a movimentação, a pior coisa em casa onde mora uma pessoa cega é a mudança de lugar das coisas, pilhas de revistas que diminuem, roupas que somem do armário, vivemos juntos há tanto tempo e eu tomei conta dele tanto tempo mas tenho medo de falar. Um dia ele me pergunta, de repente, quase afirmando: "você está pensando em sair daqui?"

Respondo que o apartamento é muito grande, a escada, ele já nem vai muito até a piscina, nem eu, nem posso tomar mais tanto sol, me faz mal, e os cachorros dão tanto trabalho, e as festas acabam sendo um desperdício, e estou pensando em irmos para

para o apartamento menor, para a casa na serra, vendendo este apartamento a gente fica com esta grana para

fazermos umas viagens, aproveitar enquanto...

Enquanto? Ele pergunta, não respondo, no dia seguinte o corretor traz uns clientes, levo coisas para um brechó, distribuo uma mala de sapatos entre os porteiros, é uma festa: Spinelli, Moreira, Motinha, ninguém sabe mais o que é isso, quando eu era jovem um par de sapatos do Spinelli na rua Djalma Ulrich, feito à mão, custava uns dois salários mínimos, se bem que o salário mínimo naquela época não era lá estas coisas, mas aqui estão eles, os sapatos, nas solas as etiquetas de metal que a gente gostava de mostrar, cruzar a perna para mostrar que é Spinelli, tudo isso se acabou e os porteiros hoje mesmo os nordestinos tem pés 42 43 44 coitados, não dos porteiros, dos sapatos que vão acabar no lixo, sapatos para pés tão pequenos para uma vida tão curta.

Uma pessoa quer comprar o apartamento, adora a piscina, não é uma destas piscinas de fibra é uma verdadeira piscina de concreto e azulejos azuis, brinco com ele, "quase uma piscina olímpica ou semiolímpica", acho que ele não entende a piada, conto histórias de festas antigas e o corretor meio envergonhado desvia o assunto, depois me confidencia que ele é um ator promissor, de telenovelas, não vejo televisão, para mim tudo bem pois ele paga à vista e o contrato nos dá um mês para mudar. Trinta dias. O suficiente.

Ele não vê, mas sente, e está nervoso, com a venda do apartamento, a mudança, com o se desfazer das coisas que ele intui, com as minhas idas e vindas ao brechó, tanto movimento quando na verdade já estou meio morto, os exames não negam. "Operar?", meu advogado me perguntou. Respondo: "pra quê?, prefiro morfina".

Filmes em vídeo, empoeirados, livros mofados, tudo o que sempre acumulamos se mostra assim, decaído, apontando a saída final, o último ato. Não mudar de casa, morrer, morrermos. Minha justificativa é correta: estou morrendo. A justificativa para levá-lo é simples: ele é um cego e inválido e não tem mais ninguém que tome conta dele. E programo a saída de cena. Dos dois. Em silêncio, sem precisar comprar passagem de avião de trem de ônibus. Quando o ator receber as chaves, o apartamento estará totalmente vazio. Vazio. De jornais velhos, de coisas, de móveis, de cachorros. De pessoas. Apenas a piscina vai estar cheia, e vai brilhar azul-marinho na noite como brilhava azul em tantas festas em tantas tardes de verão quando tínhamos uma vida inteira pela frente.

Um apartamento vazio. Noite. Uma música silenciosa.

12./ A engrenagem noturna

“E se leopardos e tigres
convivessem”
Hilda Hilst. “Cantares VII”

Era um sonho, eu sei.

Estou na cozinha, cheiro de doce de tacho, paredes de taipa, telha-vã, ripas, lamparinas, ladrilho hidráulico, filtro de barro, forno de lenha; a cozinha de minha infância na casa de minha avó; mas não sou mais uma criança, eu estranhamente grande e o casarão reduzido a uma pequena casa de boneca. Batem à porta, a pesada porta de madeira se abre, você entra. Tento sair pela janela, pular até o quintal, sinto o cheiro de manga podre e a zoeira dos beija-flores, mas ao abrir a janela vem uma torrente, um temporal, uma cascata violenta, água água água invade tudo, o ralo é insuficiente e a água empoça, turva. A cozinha de minha avó vira uma piscina, tenho medo de me afogar, de nos afogarmos juntos, nado até fundo até o ralo para tentar desentupi-lo, para que a água escoe, e do ralo retiro um enorme cachorro peludo, sujo, preto, brancos dentes à mostra. Faz sol. Acordo.

Acordo e falo para você, que dorme do meu lado, nossos corpos unidos ainda em um abraço apaixonado que o sono muda em um abraço fraterno, em um toque leve, em um apenas perceber um ao outro. Falo: “você acordou? tive um sonho...”

Você responde: “o cachorro”

Faço que sim com a cabeça. E você me conta teu sonho: *está em um avião que você pilota e sente o prazer de voar, corta as nuvens rumo a um céu luminoso; quando alguém entra de supetão, gritando, na cabine: eu. O avião está perdendo altura, apesar de teus esforços, cai em nuvens negras carregadas, é uma tempestade tropical, perde mais e mais altura, inútil qualquer tentativa, os instrumentos não respondem, são nuvens pesadas ou já caímos no mar, um oceano escuro e frio, um baque violento e as janelas do avião se estilhaçam, a água se infiltra, invade, se alastra, muita água, uma torrente, um temporal, uma cascata violenta, água água água ensopando tudo, vamos morrer sufocados naquele avião submerso, quando um enorme cachorro alvo como uma nevasca entra pelo buraco na janela, te pega pelo pescoço e te leva à tona do mar, faz sol, você respira fundo e acorda.*

Levanto, abro a janela de nosso quarto. É noite ainda. Na poltrona ao lado da cama nosso pequeno cão cinza-azulado dorme tranquilo. Fecho a janela, voltamos a dormir.

E cães azuis se transformam em tigres alaranjados e passam sem parar de meu sonho para o teu e do teu para o meu o resto da noite, o resto da vida.

13./ No topo do mundo

"Subamos!"

Vinícius de Moraes.
"Os Acrobatas"

No topo do mundo, no topo de Sampa, nós nos beijamos. Tenho medo de altura, mas depois de algum tempo me acostumo e não sinto mais medo. A vida é isso, se acostumar aos medos, ao afogar-se, ao trampolim. Levamos conosco para o alto o resto de uma garrafa do malbec do almoço, ou jantar, não tenho muita noção das horas. No último andar aonde nos ascende o elevador chegamos a uma piscina, um terraço, um pequeno salão de festas, àquela hora vazios, mas você segurou minha mão e me levou a uma escondida porta corta-fogo e subimos um lance ou dois de escadas e agora sim, estávamos na laje no telhado na cumeeira onde ninguém vai, no verdadeiro topo do mundo inabitado a não ser por nós dois. Ao longe, ouço um som de *blues*, ou talvez eu esteja imaginando tudo. No céu azul-da-prússia, fogos de artifício, e eu brinquei que eu é que havia contratado os fogos. Você riu, como se minha brincadeira fosse uma novidade e não o lugar comum de alguém apaixonado, e me beijou, senti tua língua e o gosto acre da saliva de fumante, não me importo, eu posso até fumar *gauloises*, se for o caso, posso ter um enfisema um câncer de pulmão septicemia metástase, não tenho medo, estou com você no topo do mundo e podemos voar. Aviões passam ao longe e eu vejo a rota de Congonhas o tal CGH como é tão perto do Ibirapuera o tal parque. Se fosse no Rio, um barquinho, a tarde cai, aqui não é nem o caso. Uma metrópole, e nos beijamos de novo e sei o que é isso tudo e qual o custo, um dia alguém vai ter que pagar por isso, na verdade já estou pagando cada centavo. Cada. Centavo. Helicópteros, estes já passavam sobre nossas cabeças. Tenho muito medo de um helicóptero entrar em pane, acontece muito, e ao por do sol eles todos, os helicópteros, caírem sobre a cidade, provocando incêndios e uma destruição em massa, mas não é hora de sentir medo, estamos no topo do mundo e nada pode nos ameaçar, desde que você me beije e eu te beije e a gente beba do malbec (levamos taças também, claro, roubadas do restaurante). Nós nos beijamos, mais uma vez. Ao fundo, no horizonte, a cidade continua até se perder de vista, como se não houvesse mais nenhuma paisagem natural, apenas o "construído", como no cinema. Escurece, a escada é íngreme, a altura é muita, mas ao teu lado não sinto medo, apenas vontade de te beijar mais uma vez. Tenho que ir embora,

14./ Nas mãos

“Alguém está de pé no umbral da porta
O que espera não veio e nem virá”
Joaquim Cardozo.
“Canção de uma espera sem fim”

Quando vagou um lugar no sofá florido, fui lá e me sentei, na minha mão uma taça de vinho, brindei com ele e pedi, “lê a minha mão também”. O namorado dele estava sentado no braço do sofá florido e continuou lá o tempo todo, se aproximando mais e mais para ouvir tudo o que ele me dizia, espero que não tenha ficado com ciúmes, espero que não, eu só queria que ele lesse minha mão e perguntei, “será que este ano eu me caso?” Ri e expliquei melhor, “um relacionamento sério, um namoro, pelo menos?”

(estou cansado, muito cansado de almoçar sozinho domingo a tarde em uma praça de alimentação em uma merda de um *shopping*, sou eu um puto, um destituído, um lesado?), isso eu não falei, apenas pensei bem forte, quem sabe ele lia a minha mente e

estendi minha mão, a direita. Ainda deve ter gotas de esperma nela, hoje é sábado amanhã é domingo e sei que domingo vou ter que almoçar sozinho, muitas opções, camarões sem gosto, churrascos estorricados, comida a quilo feita de chumbo, saladas mortiças e sushis radioativos. Esta cidade toda artificial se compraz nisto, em mimetizar em suas piscinas em formatos estranhos e em suas praças de alimentação o pior de todas as regiões, um simulacro, um engodo, miragem, armadilha.

O namorado dele está sentado no braço do sofá, deve estar achando que sou um predador e estou usando a desculpa da leitura de mão para me insinuar, nada disso, quero apenas que ele veja nas muito mal traçadas linhas de minha mão direita ou da esquerda se eu vou casar ainda, namorar, ou se desisto de tudo.

(estou cansado, mas hoje é uma festa, o ano mal começou todos ainda estão fazendo seus pequenos e grandes planos para o futuro, eu já estou cansado de planos, de projetos, de tudo, só queria ter alguém com quem almoçar nas tardes de domingo, em todas as tardes, esta é a melhor parte do amor, melhor que o sexo, não ter que almoçar nunca sozinho em uma praça de alimentação de um *shopping*, odeio *shoppings*, odeio praças de alimentação, odeio estar sozinho)

Do sofá vemos o terraço, luzes, música; uma menina faz uma dança solitária dentro da piscina, de olhos fechados; pessoas mergulham; uma criança quase se afoga, eu penso que pior do que naufragar é rastejar na vida, como eu, as esperanças todas perdidas, sem passado, sem futuro, sem.

Ele fala que as linhas de minha mão são construídas como se tecidas desenhadas enoveladas, não sei do que ele está falando, acho que a mão de todo mundo é assim mais ou menos igual, mas ele me mostra a mão dele, e a do namorado, o namorado fecha a mão e não quer mostrar mas ele insiste e força e mostra, e realmente as linhas das mãos dos dois são mais certas diretas, as minhas são meio esfumaçadas, são tramas texturas urdiduras, hesitantes como se um desenhista maluco um gravador psicótico com sua ponta seca tivesse cavado e recavado a placa de cobre entalhando o caminho de suas idas e vindas, mas não é uma placa de cobre é a minha mão que está estendida e peço apenas que ele me diga se vou ter alguém como companhia nas tardes de domingo ou se vou ter que me resignar às praças de alimentação nesta cidade estranha, cada vez mais estranha,

(cansado, solitário, porém atento, mais vinho, alguém ri alto, algumas pessoas dançam, circula um baseado, me oferecem, dou um tapinha, um só, estou muito cansado mas não quero ir embora, quero beber e ter a resposta para minhas perguntas, só isso, é pedir muito?)

ele fala algumas coisas que não entendo bem mas que sei que ninguém nunca me disse antes. Aponta as linhas de minha mão, a linha do coração, a da vida, a da cabeça, bebo mais vinho ácido e sem cor, o namorado bebe na taça dele, proponho um brinde, as taças se batem, bebemos e estendo de novo minha mão, a direita, que ele finge ler e

(cansado, fiz apenas uma pergunta objetiva e ele me fala de vidas passadas, de coisas que já sei mas não me ajudaram em nada, de como sou privilegiado e protegido dos deuses e como consigo mobilizar todos para chegar ao que eu busco, eu rio, todos riem, uma mulher ruiva chega com uma taça borbulhante e brinda conosco, é verdade e não é verdade, sei deste meu poder e sei que ele é totalmente inútil para o que interessa, para estar sempre com alguém em um domingo cheio de ação e aventuras ou até mesmo de modorrar à frente da TV)

A linha da vida está forte e contínua, isso é bom, acho, digo, como receber um eletrocardiograma do médico, olhar e não entender nada, ler sobre os efeitos colaterais e ficar nervoso, mais que isso, paranoico, até encontrar o médico em uma festa e ele dizer tudo OK, o senhor está ótimo, uma pressão de menino, aí eu agradeço e pergunto se o médico não está sendo bom, se na verdade meu coração não já foi todo embora, como meu fígado e minha esperança que já foram,

mas ele não é um médico ele é apenas um diplomata, eu acho, que brinca de cartomante e que ri e propõe outro brinde, as taças estão quase vazias vou até a cozinha e pego outra garrafa do vinho barato um vinho de festa e quando retorno ao sofá florido meu lugar que não é meu apenas me sentei lá enquanto ele lia as mal traçadas linhas de minha mão cansada e com cheiro de esperma e de vinho branco meu lugar já não é meu, uma mulher uma menina que antes dançava solitária na piscina e nem tem passado nem presente só uma esperança de futuro está sentada lá e ele segura a mão dela e diz como as linhas da mão dela são bem ou mal traçadas e o namorado dele olha tudo ciumento e eu não consigo nada melhor para fazer do que encher nossas taças com o vinho que trouxe e propor um brinde mais um e

(cansado cansado cansado, o vinho está azedo e não tenho mais lugar no sofá florido nem no mundo, e meu futuro está cada vez mais embaralhado como as linhas de minha mão que talvez não digam nada e só apontem para o momento em que, cansadas, voltem ao pó de onde não deviam nunca ter saído, alguém ri alto mais uma vez e me oferece outro baseado e fumo e tusso e pego outra garrafa de vinho, agora é vinho tinto e amargo e rascante, mas bebo, bebo tudo, agora eu rio alto e bebo tudo pois o meu plano para o domingo é dormir o dia inteiro de ressaca, e se eu conseguir dormir o domingo inteiro não tenho que almoçar sozinho, na segunda-feira tudo bem, dá pra enfrentar, o insuportável mesmo é o domingo, o domingo)

15./ Quatro histórias que os cisnes contaram

"Minha terra tem mais terra"
Oswald de Andrade. "Canto de Regresso à Pátria"

1. Um conto da era do haxixe

Quando eles chegaram em Marrakesh, a primeira coisa que fizeram foi se jogar na piscina do hotel. A segunda coisa foi sair para a rua, quente muito quente e empoeirada, e comprar umas pedras de haxixe, foi fácil, mais fácil do que comprar cocaína no Village ou maconha na Praia de Ipanema. A terceira coisa, afinal era a lua-de-mel deles, foi se trancar no quarto (hotel de luxo, paredes cor de lápis-lazúli, lençóis de algodão exageradamente brancos, varanda para o deserto e uma fruteira com cores estranhas e aroma intenso), ligar o ar condicionado, fumar um pouco do haxixe e trepar.

Eles se conheceram na faculdade, nos intervalos das aulas, nos pilotis. Ele estudava Direito, um aluno aplicado que queria vencer na vida e sair para o mundo e esquecer seu passado provinciano. Ela fazia um curso, psicologia, comunicação, filosofia, um destes qualquer, pois era importante para as moças de sua geração trabalharem enquanto não casavam e até depois de casadas, mesmo sem "precisar". Ele estagiava em um escritório importante e ia para a faculdade de calça social e camisa polo; ela usava saias longas e transparentes e muitos colares e sandálias, era uma forma de mostrar como era anticonvencional.

Ela ofereceu um baseado, fumaram juntos, na beira do pequeno rio que descia pelo campus e conversaram muito, entre as jaqueiras e os bambus, o zumbido das abelhas se alimentando de uma jaca madura caída, o cheiro forte da fruta, uma ou outra borboleta de um azul ofuscante no meio da penumbra da pequena amostra de floresta bem próximo ao burburinho dos alunos e professores nos pilotis, nas salas de aula. Quando ele disse que queria ser diplomata, ela contou que os pais, os avós, toda a família era de diplomatas. Falou que sua infância foi de cidade em cidade mas que se ela casasse com um diplomata, para manter a tradição ou até por amor, poderia passar uns tempos fora mas nunca ia deixar de vez o Rio, que ela considerava o lar. O que a criança nômade mais desejava no mundo: um porto. Ele não contou muito sobre seu passado, e sentiu que podia ser um porto seguro para ela.

Uma lembrança que ela tem de criança é ir com o pai e a mãe até o trabalho do pai, no Palácio na Rua Larga, ficar com a mãe brincando na beira do lago dando comida para os cisnes; e quando ela, já mocinha, foi à inauguração do novo Palácio na nova capital e soube que o lago havia virado um espelho d'água e os cisnes haviam ficado no Rio e trocados por uma pesada e imóvel escultura de mármore, ela fez para si mesma um desejo, um pedido para o meteoro: como um cisne, podia até mesmo viajar, mas nunca ia deixar de vez sua casa.

Os pais dela gostaram dele, um jovem que iria longe, muito longe, com uma ajuda da família dela, claro; ela era filha única e um genro diplomata seria a esperança de perpetuar o nome da dinastia de diplomatas desde o Império, os filhos teriam o desconhecido sobrenome dele mas também o dela. Casaram logo depois da formatura, ele fez o concurso em seguida e passou com ótima colocação, vinha estudando muito. A família dela, como prêmio, deu a viagem de lua-de-mel. Paris, claro, mas ela insistiu para incluir uma escala em uma cidade exótica, e assim lá estavam eles, no Marrocos, naquele hotel onde não chegam os ruídos do mundo, bebendo champanhe e se preparando para uma vida em comum.

Eles se amavam, ou pelo menos foram construindo este amor, feito de pedaços de atração, confiança, carinho e alguns aspectos utilitários. Ele, inteligente, bonito, bom pai para os filhos que teriam, maleável às vontades dela, e que ia certamente vencer na vida. Ela, bonita, decidida, rica, família importante, uma mulher que soma na carreira de qualquer homem, e que não fará muitas perguntas; inteligente, também; mas na época não se dizia isto de uma mulher bonita.

No dia seguinte acordaram cedo, fumaram outra pedra de haxixe e foram enfrentar o calor, o tumulto, a poeira, a multidão da cidade que tanto queriam conhecer, a Medina, a praça Jamaa el-Fna. Do alto de uma torre, o topo do mundo para eles naquele momento, olharam com vagar a praça, o casario todo da mesma cor e o deserto ao longe e, no horizonte, as montanhas eternamente nevadas; eram felizes.

O haxixe traz uma sensação de plenitude, de integração total com o Universo, dizem, mas traz também uma lerdeza, um ritmo diferente, como se os ponteiros andassem muito lentos ou até para trás, como se o tempo fosse elástico ou infinito, uma vontade de se perder no meio daquela multidão, das cores, dos barulhos, dos aromas, de acrobatas, de mulheres se oferecendo para fazer tatuagens em hena, de aleijados, de encantadores de serpentes, de músicos, de contadores de histórias, de vendedores de água e de frutas, de cachorros magros, de mendigos com olhos esfaimados, das pessoas que chegam perto, muito perto, seguram sua mão e exigem dinheiro, falam coisas em francês ou em línguas desconhecidas, tentam adivinhar a nacionalidade deles, querem fazer uma troca, quem sabe o cinto dela por um tapete ou a máquina fotográfica dele por um camelo, oferecem chás, oferecem pechinchas, oferecem mais drogas, oferecem seus corpos e suas almas. Eles entram no mercado, circulam pelo labirinto das ruas da Medina de mãos dadas, levados pelo torpor do haxixe e por uma sensação nova, de dúvida entre a vida tão estruturada que seria a deles daí para a frente e a fantasia de uma vida louca, desgarrada, por aqueles becos e casebres e mesquitas e palácios, uma vida sem raízes, eles que tanto buscavam exatamente o contrário: um lar, uma segurança, uma família.

Entravam em lojas, e nestes países se você pergunta o preço de alguma coisa não pode ficar só por isso, você tem que negociar, regatear, são horas de conversa até conseguir levar o objeto desejado por uma fração do preço inicial, é o costume; compraram algumas coisas mas depois perderam um pouco a paciência para esse jogo; e continuaram olhando as lojas e fugindo dos vendedores; até que aquela loja, uma portinha azul no meio de tantas outras, prendeu a atenção do casal.

Escrito à mão em uma pequena tabuleta de metal acima da porta, em francês: "*Herboriste*", e o que devia ser o correspondente em árabe; e um subtítulo, em uma caligrafia bem desenhada: "*herbes médicinales, tisanes, infusions et huiles essentielles*". Dentro, um balcão de madeira escura, talvez ébano; prateleiras em todas as paredes, com centenas, milhares de vidros com coisas coloridas e misteriosas, reluzindo no escuro; chão totalmente coberto de tapetes; a um canto, uma mesinha baixa com uma bandeja de marchetaria, copos de vidro trabalhado e um bule de prata respirando vapor d'água. Atrás do balcão, como que esperando por eles desde sempre, um homem jovem, com uma *djellaba* negra, barba e bigode bem pretos e um olhar fascinante e que, mal entram na lojinha, começa a falar em francês sobre as ervas e suas propriedades, sobre os chás e óleos, como se recitasse versos do Alcorão na cadência dos muezins, como o encantador de serpentes, como um riacho a murmurar em seu leito de pequenas pedras; e eles quedam hipnotizados. Em uma das estantes, no alto, uma coleção de fetos de animais estranhos, ou talvez humanos, em vidros com formol; em uma bandeja de prata revestida de arabescos, um livro sagrado aberto e uma vela acesa.

Foi a primeira vez que ele sentiu desejo por um homem, um desejo intenso que ele ainda não entendia e que provocava calafrios em suas pernas, e se manteve preso ao fascínio da voz e do olhar do vendedor, mesmo quando a mulher, desinteressada, quis ir embora. Meio de brincadeira, ele pediu ao vendedor uma poção para o amor eterno; ela sorriu; o vendedor abriu uma cortina púrpura e desapareceu em uma sala escura ao fundo da loja. Ele aproveitou para fotografar as estantes repletas da loja, ela fez uma careta quando ele fotografou os vidros com os fetos e falou de novo que estava entediada e queria ir embora; e o vendedor volta com uma estranha raiz na mão, envolta em veludo negro. Uma raiz que tem a forma de um órgão sexual de um monstro e exala um cheiro forte, de chuva, de pólvora queimada, de terra molhada, de folhas em decomposição.

Sempre falando em um francês cantado, como um feitiço, o árabe mostra a raiz, pedem que eles também a segurem, que cheirem, que sintam a força da mágica. Pois é, a mágica. Quando as mãos do casal e do árabe se tocaram segurando a raiz, o vendedor sentiu a força do desejo dele e lhe respondeu com um olhar firme e um sorriso, e decerto foi também um feitiço que tornou tranquila a mulher, que se sentou a um canto da loja sobre o tapete e, silenciosa, acompanhou o diálogo entre os homens. Um diálogo que era uma negociação de compra e venda mas era também uma valsa um tango uma conquista, e só se encerrou após xícaras e xícaras de chá de menta e duas rodadas de uma pedra de haxixe que o vendedor buscou nos fundos da loja. Já era noite, e a raiz foi embrulhada em papel de seda lilás com uma fita dourada e cédulas verdes passaram para a mão do árabe, que os abraçou e os levou até a praça e com um aperto de mão indicou o caminho do hotel.

Eles não falaram mais sobre aquela tarde, nunca mais. No dia seguinte, foram de excursão para o deserto, ele tirou muitas fotos mas estava distraído e não lembra de nada. No ultimo dia em Marrakesh, ela disse que estava cansada e ia ficar na piscina do hotel; ele disse que queria mais algumas fotos da Medina e saiu, ficou fora a tarde inteira; quando voltou, já noite, suado, ela bebia um chá de menta e lia um livro do Paul Bowles, na beira da piscina, enquanto divagava se por acaso não tinham cruzado pelo escritor, sem o reconhecer, um velho queimado de sol perdido em algum beco da cidade.

Ele tomou um longo banho, deu umas braçadas, mergulhou, como uma criança, e bebeu uma vodca com ela. Mais tarde, no quarto, se beijaram e se tiveram e gozaram juntos, como uma explosão e dormiram abraçados, como antes, como sempre, mesmo que. E desta vez como uma despedida da cidade. Viajaram cedo, e a estranha raiz, ainda em sua embalagem lilás, foi deixada ou esquecida no quarto do hotel; o que sobrou do haxixe eles jogaram no vaso sanitário, eles é que não iam se arriscar de entrar em Paris levando drogas. Chegando em Paris, no aeroporto, ela teve a certeza que estava grávida, e sorriu para ele, para a vida, para o futuro.

2. As torres

Arrumando as velhas fotos eu vejo e lembro, aquele sim era o auge, o máximo, eu e ele e nossos filhos pequenos, uma família, pela primeira vez em um posto bom, mesmo temporário mas um presságio de que tudo seria do melhor daqui para a frente, em NYC *the city that never*, e fomos ao topo do mundo, o terraço das torres, alto alto muito alto, era um feriado de quatro de julho e fomos cedo, para pegar um bom lugar, a temperatura é amena, a cidade com a pior temperatura do mundo, no inverno o frio é insuportável e no verão o calor é de matar, mas a temperatura naquele feriado estava amena apesar disso levamos casacos para as crianças, e ele segurava minha mão como se tudo fosse sempre daí para o melhor, como se as duas torres fossem apenas um trampolim para um salto cada vez maior, estávamos no topo do mundo, eu mereço, ele também merece, mas faço isso e tudo o mais para nossos filhos, ele não gosta de usar o nome de minha família já que a dele ninguém nunca ouviu falar, mas eu faço, é meu papel, eu sei, para meus filhos que levam o sobrenome que abre portas desde o Império.

Vejo as fotos e vejo o retrato de uma família na beira da piscina, uma casa, a nossa casa, um gramado bem cuidado e uma piscina muito azul e obras de arte as telas que estão se valorizando eu mereço nós merecemos, as crianças merecem. Festas, recepções, contatos, como meu pai me fala, "pavimentando a carreira do teu marido", eu sei, eu faço, ele às vezes me parece acomodado, mas me casei com ele estava apaixonada e ainda estou, a paixão amadureceu e agora, me lembro, estamos no topo do mundo e começam os fogos, são lindos, mas as crianças estão enjoadas querem ir ao banheiro, ah eu não vou levar e perder os fogos que se estendem, vêm de longe, de lugares perdidos neste horizonte que aqui de cima parece eterno parece um espaço ilimitado como se a gente estivesse em outro planeta, e surgissem fogueiras, pequenos vulcões, núcleos ardentes de sóis enterrados no meio deste horizonte ilimitado, "amor, você pode levar as crianças ao banheiro?, estou tão cansada", ilimitado mesmo. Os fogos no Rio no *réveillon* são diferentes, você está cara a cara com aquela apoteose que dura pouco, uns quinze ou vinte minutos ou meia hora, aqui a sensação é de várias apoteoses que se sucedem por muito tempo ao longe na paisagem, uma paisagem que daqui de cima não se entende que é toda construída, toda artificial, como uma maquete de uma cidade, como no cinema, e os fogos se sucedem e é a nossa noite, nos beijamos como antigamente, as crianças estão enjoadas, é como uma promessa de um futuro.

Fecho os álbuns com as velhas fotos, seleciono algumas para os porta-retratos, olho o mar pela janela e aspiro a maresia, estou em casa,

em casa.

Era como a promessa de um futuro que nunca veio, menos de vinte anos depois daquela noite de quatro de julho um dia de um final de verão dois aviões se jogaram contra estas mesmas torres e elas foram apagadas eliminadas excluídas deletadas da paisagem estas mesmas torres onde estávamos vendo os fogos de quatro de julho para isso acordamos cedo no feriado e fomos bem cedo de metrô para pegar um bom lugar no terraço de uma das torres que hoje não existem mais, nada é para sempre exatamente como as promessas que fizemos um para o outro na alegria e na tristeza mas a vida é assim e podia ser pior, muito pior, muito pior, tudo pode ser sempre muito pior. O futuro.

3. O segurança

Não conheci meu pai. Na verdade eu achava que conhecia, só que um dia recebi uma carta de minha mãe, primeiro me dando a notícia que meu pai tinha morrido, e depois dizendo que aquele homem que havia morrido e que eu chamava de pai não era o meu pai. Assim, de uma vez eu perdi duplamente meu pai, minha origem, a porra que embuchou minha mãe, perdi duas vezes, uma para a morte e outra para o desconhecido, que é pior que a morte.

Consegui liberação do trabalho, os tais cinco dias de licença de gala ou de nojo, são quase a mesma coisa, não sei qual é qual, quando você casa ou quando morre um parente, tem cinco dias de licença mas tem que apresentar a certidão de casamento ou o atestado de óbito. E fui, ele já estava enterrado, o homem que eu sempre chamei de meu pai, e minha mãe já tinha dado ou jogado fora as roupas e tudo o mais dele, mas guardou para mim a Bíblia que ele lia. Ela nem chorava mais, não sei se já tinham secado as lágrimas ou se nem chegou a chorar de verdade. Fomos ao cemitério, levei umas flores que peguei no jardinzinho e então perguntei a ela quem era o meu pai. Ela não respondeu. Na hora eu não perguntei de novo, em respeito ao que estava ali enterrado, já devia estar sendo comido pelas minhocas, elas são rápidas e eficientes.

Ela ficou séria e disse que o morto era um homem muito bom, tinha aceitado casar com ela já com a barriga de outro e sempre tinha me tratado como filho.

"Pois não, senhor. Os elevadores à direita, mas antes o senhor terá que passar pela recepção para se identificar e pegar o crachá. Sim, senhor, entendo que o senhor está atrasado para o encontro com o Ministro mas são normas da casa, por favor, a recepção ali na entrada. Obrigado"

Odeio estes idiotas, falam Ministro com a boca cheia de arrogância, mal sabem que eu sei que aqui neste prédio devem ter uns quinhentos ministros, não é como nos Ministérios onde o Ministro é um só em cada Ministério, e até lá a pessoa tem que se identificar na portaria.

Passei os cinco dias de minha licença rondando minha mãe e perguntando, e ela nada, estava muito quente e eu não tinha mais nada a fazer, ia pra beira do rio, no lugar onde abaixo da cachoeira ficam como umas piscinas de água corrente, aqui as piscinas são naturais e isso eu sinto falta hoje quando enchem a boca para chamar de piscinas estas coisas de plástico com água parada, me lembro sempre das piscinas naturais de minha cidade onde alguém pode se afogar pra sempre se não tomar cuidado.

À noite eu bebia cerveja quente no boteco, azarava umas meninas, muita mulher carente em minha cidade, fodia no mato, nas piscinas, perto da cachoeira, é mais romântico, jogava sinuca com uns idiotas que ficaram morando a vida inteira naquela merda de cidadezinha, mas eu não podia ser arrogante senão iam dizer que só porque eu morava na Capital Federal e trabalhava na Esplanada tinha ficado besta.

"Sim senhor, a Biblioteca fica no terceiro andar, por favor passe com o crachá pela roleta, sim, não, é o lado verde para cima, o senhor passa o crachá para um lado e para outro até a luz piscar, isso mesmo, senhor, pode entrar, a roleta está liberada, sim, os elevadores à direita, terceiro andar, o ascensorista indica, obrigado"

Caralho, gente burra, nem sabe passar um crachá provisório pela roleta, tem que dizer para ele que a biblioteca não tem revista em quadrinhos ou leitura para analfabetos. É como eu me sentia, capiau, quando cheguei aqui para servir o exército, mas estava cheio de capiaus iguais a mim, pelo menos eu era maior e mais forte que a maioria deles então ninguém se engraçava comigo.

Daí eu fui ao Conjunto Nacional num dia de folga, vi aquela gente toda passeando, olhando as vitrines, fazendo compras, famílias, meninas em bando, uns coroas me olhavam e eu ficava sem jeito, já quando as meninas me olhavam eu sorria tímido, meus colegas também riam e diziam que se eu quisesse ia me dar muito bem em Brasília, aí eu pensei que sim e voltar pra quê?, vou ficar aqui e vou conseguir muita coisa boa, só tenho que primeiro ouvir bem o que dizem e pensar bem antes de ir fazendo para não me dar mal. Mas nesta época eu ainda tinha mãe, e pai, eu achava que tinha, e escrevia cartas para eles, e eles também gostavam dos meus sonhos de ser alguém na Capital.

A primeira vez que voltei para casa, numa folga maior, já tinha aprendido algumas coisas, já tinha algum dinheiro e levei presentes para minha mãe (um perfume e um vestido) e para meu então pai (um relógio e uma camisa social), eles gostaram, minha mãe chorou e ninguém perguntou de onde veio o dinheiro para os presentes.

Muito tempo depois, quando eu estava ganhando mais dinheiro, levei mais presentes, muitos, mas eles nunca perguntaram, ainda bem, eu ia ficar envergonhado de mentir mas não ia contar para eles. Melhor mentir. Minha vida tem sido sempre assim, hoje nem sei o que é a mentira ou a verdade, acho que a verdade é uma mentira, se você acredita então é verdade, veja a minha mãe me fazendo acreditar a vida inteira que meu pai era meu pai, então essa era a verdade dela, e dele, e também minha, então não se pode dizer que é uma mentira.

Fui aprendendo estas coisas aos poucos, ainda no exército um tempo depois do serviço obrigatório, pois assim me pagavam para estudar, e com o meu jeito sério e meu corpo forte eu tinha muitos oficiais que queriam me ajudar a progredir, bastava manter meu jeito sério e não ceder que eu ia me dando bem. Tinha casa, estudava, e tinha meu dinheiro, e os por fora que eram muitos bons, sempre fui muito econômico então pude pedir baixa e partir para uma vida mais calma, com o meu tempo para mim, e mantendo os contatos todos conseguia os meus por fora e mais ainda.

Minha mãe achou ruim eu deixar o exército mas entendeu quando falei que iam acabar me mandando servir em outro lugar, tipo fronteira, e isso eu não queria pois Brasília é a cidade modernista, eu falei, é a única cidade modernista que foi construída, a única no mundo, assim quem vier para cá com vontade de ser moderno e de trabalhar vai se dar bem, melhor que ir para um posto de fronteira, lá até deve ter os por fora (isso eu não falei para ela) claro mas deve ser uma concorrência muito maior e menos oportunidades, quem chega de fora tá fora do esquema, até entrar tem que ralar muito e muitos nem conseguem entrar, quem já está dentro diz rindo "chegou agora no ônibus e já quer viajar na janela?"

"Sim senhor, pois não, fecha às dezenove horas, como assim? senhor, o horário que meu turno termina não tem importância, a portaria fecha às dezenove horas, depois disso para entrar só com autorização superior. Senhor, desculpe, mas não posso falar que horas eu saio, questão de segurança, se o senhor precisar de outra informação que eu não possa lhe fornecer por favor se dirija à recepção. Obrigado, senhor, fico lisonjeado mas por favor se dirija à recepção, eles podem esclarecer melhor que eu. Obrigado. Obrigado"

Saco, eles pensam que assim me compram?, acham que estou à venda no varejo, na vitrine? Nem com a minha cara de mau eles desistem, paciência, até que o coroa é bem apessoado, se não fosse aqui na portaria onde as câmeras e os outros seguranças não dão um refresco eu ia até dar um sorriso discreto.

O tempo que saí do exército e fiquei sem trabalho fixo foi bom, mas logo vi que uma pessoa como eu precisa de um trabalho fixo, uma rotina, e também um local para travar conhecimentos, o mundo capitalista vive em torno do trabalho e se você não trabalha está fora, mesmo tendo dinheiro de outras fontes, não é a toa que mesmo os milionários americanos criam fundações e outras coisas para dizer que trabalham, não são ociosos inúteis apenas gastando o dinheiro que adquiriram. Claro também que não sou um milionário, longe disso, mas estava na trilha, graças aos contatos, aos oficiais que queriam me ajudar, muitos eram carentes, só por eu dar atenção já me colocavam de sócio nos negócios, basta você ouvir as pessoas e falar o que elas querem ouvir e pronto, já te adotam.

Meu turno está acabando. Gosto desta profissão, os turnos irregulares são melhores que um horário fixo, para mim, consigo tomar conta dos meus outros negócios, e o uniforme de segurança é um perigoso afrodisíaco, já me disseram isso. Meu turno está acabando em meia hora, depois tomo um banho, me perfumo e fico cheiroso, mas meu encontro hoje não é aqui, tenho que andar um pouco e esperar na s2, em um lugar mais escuro, pois sei que na hora certa vem aquele carrão me pegar.

A vida é boa. Estou em Brasília, no centro de tudo, no topo do mundo, consegui dinheiro para deixar minha mãe bem, consegui muitas coisas. Mas ainda quero mais, muito mais. E queria muito saber quem foi o meu pai, mas acho que isso nunca vou descobrir. Quem sabe ele é algum destes que me espera na s2 escura em um carrão?

"Não, senhor, já estamos fechando. Obrigado"

4. Canção do Exílio

Com uma voz estranha, ao telefone: "esta semana quase morri". Assustado pergunto "João, o que foi? acidente? assalto?", ele responde que não pode falar, só vai me contar quando nos encontrarmos novamente. Marcamos.

Ele está na S2 escura me esperando, entra em meu carro, pergunto o que aconteceu, evasivas, não pode falar ainda sobre isso.

Descendo a Esplanada dos Ministérios, começa a contar, tímido ainda. Pergunta se acredito em vida após a morte, diz que é sensitivo, digo que também sou, mais para ter um assunto do que acreditando realmente, na verdade sou muito cético, racional.

Passando pela Praça dos Três Poderes, as palmeiras verdes e os ipês amarelos, ele começa sua história. Ele gosta muito de me contar histórias, e eu gosto de ouvir. Ele escreve, e às vezes me manda um e-mail com um conto erótico anexado, acho que é para me deixar com ciúme, sei lá. Ele conta:

"Foi uma noite, madrugada, umas quatro da manhã, acordei com vontade de mijar e tive um sonho mas não era um sonho, quase morri", e mais não diz, passamos a Terceira Ponte, subimos rumo aos condomínios, em pouco tempo estamos em minha casa, na beira da piscina, um dia de secura em Brasília, umidade do ar chegando nos níveis de um deserto, mas a noitinha na beira da piscina da casa no condomínio tudo é maravilha, uma vodca gelada e pergunto como foi quando ele acordou às quatro da madrugada.

"Acordei e não era vontade de mijar, era um aperto no coração e no meu pau, no meu cu, em minha cabeça, como se eu estivesse sendo comprimido, esmagado, colocado em uma prensa, aí eu vi: Ela"

"Ela quem? Era um sonho?"

"Não era um sonho, era muito vivo, eu estava acordado mas ao mesmo tempo me via na cama, meu corpo apertado por várias mãos fortes, patas, garras, tenazes, e Ela estava no quarto, não via as formas d'Ela mas sabia que Ela tinha vindo para mim, para me buscar"

Um cachorro uiva ao longe, meu Deus, parece lugar-comum de um filme de terror, quero rir mas ele fala sério, muito sério, bebe sua vodca, bebo a minha, e ele continua a falar da Visita.

"Ela então coloca as mãos no meu pescoço, as mãos que apertavam meu corpo também eram d'Ela, como se ela tivesse muitas mãos me envolvendo, a mão que apertava meu coração parecia que ia tirar todo o meu sangue, mas o pior eram as mãos no meu pescoço me esganando"

Ele é nadador, triatleta, jovem, nunca fumou, deve ter um fôlego de um leão-marinho, mas começou a não mais conseguir respirar, como um velho em último grau de enfisema, como eu.

"E o que você fez? Gritou? Tem certeza que não era um sonho?"

"Não conseguia nem gritar". Pausa. "Vou cair na piscina". Tira a roupa devagar, bebe mais um gole de vodca, agora de cueca, hesita e olha seu reflexo na água, mas tira a cueca também e cai na piscina como uma criatura aquática. A piscina deve ter guardado o calor do sol do dia inteiro, e agora está quentinha, mais quentinha que a noite que começa a esfriar, Brasília é um deserto até nas altas diferenças de temperatura entre o dia e a noite, Brasília é um deserto de ideias, Brasília é um exílio onde eu conto cada dia pensando em voltar para casa.

Eu mesmo escolhi esta vida, a vida de um diplomata é feita de exílios, mas eu achava que ia dar certo, achava que Brasília era um delírio e eu ia poder ficar entre o Rio e os postos em cidades boas, com minha mulher de sobrenome importante, isso me ajudava na carreira, e agora estou aqui, entre um Paraguai e uma Nigéria, sozinho, sem minha mulher nem meus filhos que não saem do Rio de Janeiro de jeito nenhum, eu totalmente sozinho se não fossem eles, se não fosse este menino que conta histórias e nada nu como um golfinho uma carpa ou um cação e que qualquer hora destas me enfia uma lâmina pela goela.

O exilado não pode se apegar à terra do exílio, esta é a regra numero um. Minha terra tem palmeiras, minha pátria é para onde vou voltar quando terminar o meu tempo. Aqui, a terra do exílio, é boa, é bonitinha, tem vantagens, mas não é meu lar. Eu sei disso, tenho isso marcado em minha mente cada dia do meu exílio. As aves que aqui gorjeiam. Os peixes que aqui nadam na minha piscina, e a cada momento ele usa este nadar, nu, na piscina, estas histórias, tudo, para tentar me fazer desistir de voltar, para me prender para sempre na terra seca e barrenta onde sou exilado. Mas ele não sabe que minha pátria está gravada a fogo em meu coração, e eu vou voltar.

Tiro a roupa também, fico de cueca. Entro na piscina, sim, está quentinha, ele nada, mergulha, brinca, joga água pra fora, saltos mortais, pulos, cabriolas, cambalhotas; eu fico parado sentindo a água que me aquece, tão diferente da água fria do mar de minha terra. Em cismar sozinho à noite. Mais prazer. Encontro. Eu lá.

Ele cansa de brincar, sai da piscina em um salto, bebe outro gole de vodca e volta para a piscina, com o copo dele e o meu, agora com movimentos lentos de um fauno sedutor. Posseidon. Ele se aproxima de mim e me beija, bebemos vodca abraçados na piscina na água quentinha e acolhedora, ele continua a contar sua história, verdade ou ficção, não importa, eu estou ficando bêbado, tudo bem.

"Ela apertava minha garganta e meu corpo inteiro, seus dedos ossudos enfiados em meu coração a ponto de explodir, eu estava sufocando, apavorado, mas aí consegui olhá-la nos olhos. Ela usa um capuz que tapa a cara, o rosto é de uma caveira, descarnada, mas o capuz, não sei como, abriu um pouco só e consegui olhar nos olhos d'Ela, sabe quando você olha nos olhos de alguém e consegue passar uma energia, uma mensagem, os olhos falam sempre a verdade, olhei nos olhos d'Ela e pedi uma chance, e como Ela estava olhando nos meus olhos não conseguiu negar".

A história está ficando chata, penso eu, quero perguntar quantos baseados ele fumou antes de dormir naquela tal noite, mas ao mesmo tempo sei que ele está levando a sério isto tudo, e o meu papel, bem, é aproveitar ao máximo esta nossa noite, o que quer dizer não gerar conflitos, como um bom diplomata, afinal é mais uma noite no exílio, digo apenas "E então?" enquanto ele me abraça mais, a água está quente mas ele treme, os copos já vazios estão no parapeito da piscina, nos beijamos, nossa vida mais amores, e ele continua sua história.

"Ela parou de me apertar com suas muitas mãos, deixou de lado a foice com a qual ia cortar minha cabeça, deu um passo para trás e me mandou, com um gesto, ficar de pé. Eu não estava mais entendendo nada, a casa silenciosa, todos dormindo, meu cachorro também dormindo talvez desfalecido pois Ela ao chegar faz isso, entorpece as testemunhas. Ela fez uma mesura como quem diz 'agora a luta é limpa' e avançou sobre mim, eu ataquei instintivamente, e lutamos, lutamos, eu e Ela, você sabe que eu faço luta-livre mas Ela era uma adversária de primeira, golpes e contragolpes, ataques e defesas, estou cansado e penso em desistir mas consigo forças não sei de onde, sei que se eu desistir Ela me leva e não quero ir, sou muito jovem, muita coisa para fazer ainda, e sigo lutando, Ela segue todas as regras, mas o olhar é ameaçador, eu também sigo todas as regras e mantenho meu olhar firme."

Estou cansado, saio do abraço dele e da piscina, preparo mais duas vodcas, ele está como em um transe, nem notou que eu saí e voltei para o abraço com os copos, é tarde, nosso céu tem mais estrelas, olho ao longe uma estrela cadente e faço um pedido, sem falar, só para mim: "Voltar para casa!"

"Lutamos e lutamos e lutamos, eu estava suado e cansado mas não ia desistir nunca, até que pela minha janela entrou o primeiro raio do sol, o dia nascia, a alvorada"

Penso nas palavras gravadas na parede de ouro: "deste Planalto Central, desta solidão em que em breve se transformará em cérebro das altas decisões nacionais, lanço os olhos mais uma vez sobre o amanhã do meu país e antevejo esta alvorada com fé inquebrantável em seu grande destino".

Penso na solidão.

Penso que o exilado é, por definição, um solitário. Eu.

Abraço mais forte este menino indefeso que escapou da morte, ele acha. Ele gostaria que eu abrisse mão de minha vida e não voltasse para casa, e ficasse aqui, no exílio, para sempre, com ele. Ele não acredita que isso eu não farei nunca, eu volto, eu estou contando os dias. Ele treme em meus braços ao dizer que com a alvorada Ela foi embora, de imediato, deixando-o suado e exausto em sua cama de uma casa geminada em uma Cidade Satélite qualquer. Ele acha que escapou da morte por ter lutado contra Ela, por ter resistido, e eu penso em rever aquele filme do Bergman, acho que devo ter em vídeo, tenho certeza que este filme ele nunca viu. Ele pergunta o que eu achei e me beija. Eu acredito, o abraço é mais forte, preparo outra vodca, fumo um cigarro (dane-se o enfisema), ele fuma um baseado e vamos para a cama, deixando copos vazios e as luzes acesas e a piscina escura como um túmulo.

Mais prazer encontro eu lá.

16./ De um caderno de capa marrom

1. As palavras escritas

De novo, os cadernos dela. Todos arrumados na estante, separados por ano, por matéria, por assunto, capas de cores diferentes em uma organização que há muito foi esquecida. Uma caligrafia redonda, hesitante, bordada cuidadosamente; que aos poucos se transforma em elegantes letras inclinadas para a direita, elaboradas com a caneta-tinteiro, círculos como pingos nos "i", hastes descendentes dos "t" cortando com graça as letras vizinhas, arabescos fazendo as caudas dos "z", dos "j", dos "g"; desenhos que depois vão se simplificando desmantelando mutilando deteriorando em garatujas, em borrões rascunhados em pulsos quase ilegíveis com esferográficas baratas com pouca tinta e de ponta mordida.

Uma vida, nas pautas daquelas folhas cada vez mais manchadas, mais amarelas. Dias em que ela ainda escreve, anotações taquigráficas, toscos registros de poemas, garranchos, contas, lembretes ("não esquecer de pagar o condomínio", "telefonar para a fisioterapeuta", "missa de sétimo dia", "não esquecer", "esquecer"). Dias em que ela apenas lê, abre um ou outro caderno e lê e relê pela centésima, milésima vez, as palavras escritas. Outros dias, estes mais frequentes, ela não faz nada; ou se abre um caderno não sabe mais o que escrever; ou se tenta ler, o significado das palavras lhe escapa; e fica só com as imagens, as figuras cada vez mais fugidias que nas noites saem das páginas dos cadernos e lhe fazem companhia no ar cada vez mais e mais pesado no quarto cada vez mais escuro. O escuro, um dia, e as palavras escritas talvez morram com ela ou quem sabe, se lidas, sobrevivam. Vividas, de novo.

2. O Outeiro dos Prazeres

É um domingo, ou talvez não seja, pouco importa, para ela agora todos os dias são iguais. Ela escolhe na estante o velho caderno de capa marrom e lê, como se da primeira vez, aquelas frases já tão relidas, e então ela é novamente aquela menina e ouve a voz das meninas recitando a tabuada, sente o vento nos cabelos, o cheiro da terra molhada depois de uma chuva de verão, ela está de novo no colégio das freiras enquanto lê e lê e lê na manhã de domingo ou quem sabe de uma terça-feira qualquer de muito tempo depois:

O colégio das freiras dominava o enorme terreno que, diziam, era uma antiga chácara ou fazenda do Brasil Colônia, ou Império, mas há muito tempo abandonada, coberta de mato, em um pequeno morro ou colina, o Outeiro dos Prazeres, perto de um braço do rio já caudaloso à medida que se aproxima do mar, a nascente leste do centro da cidade. Quando a Igreja precisou construir um convento para as freiras, talvez tenha escolhido aquele local isolado pois o morro seria uma proteção adicional para as edificações e as encostas férteis da colina, cultivadas, forneceriam alimentos para as freiras.

A primeira construção foi a clausura, no alto, e no sopé do morrete foi feito um muro sólido, e logo se instalou uma modesta igreja dedicada a Santa Teresa, e os Prazeres foram entendidos por todos como os prazeres e gozos da Santa em sua comunhão carnal com Cristo. Algum tempo depois, com as coleta de esmolas e doações, a igreja foi ampliada e se fez um pequeno orfanato, pois muitas crianças recém-nascidas eram abandonadas no portão principal do convento; criancinhas pardas, negras, mulatas, índias, cafuzas, mestiças, as marcas da pobreza nos panos ásperos e no olhar, no choro; imediatamente batizados, os meninos eram entregues aos padres no internato a oeste da cidade, enquanto as meninas ficavam sob a guarda das freiras; certamente frutos de uniões não abençoadas, de famílias arruinadas, de violências; mas que com a graça de Deus e o trabalho da Igreja poderiam alcançar o perdão para a mancha do pecado original e chegar à luz.

E foi construído o colégio, para as meninas da cidade e também, sem diferenças, (todas filhas de Deus) para as enjeitadas, ditas eufemisticamente órfãs. Para algumas delas, mais bonitas ou vivazes, as freiras conseguiam colocação em casa de família, onde com sorte seriam tratadas quase como filhas, agregadas que às vezes até conseguiriam casamento bom ou razoável; eram as afortunadas; as demais ficavam no colégio e se fossem bem nos estudos e na disciplina poderiam aspirar a ficar no convento, como irmãs menores, ou mesmo tomar os votos; algumas poucas eram seduzidas pelo mundo fora do claustro e fugiam, davam um mau passo, caíam na vida; destas não se ouvia mais falar e prontamente eram esquecidas; e depois depois, sempre uma nova surpresa da vida que irrompia nos muros, um choro de recém-nascido que anunciava outro enjeitado para o Outeiro.

As freiras andavam de hábito preto e mantos brancos, o tempo todo; as mãos nos bolsos largos apertando um rosário; algumas vestiam cilícios sob as túnicas, ou mesmo pequenas coroas de espinhos sob o manto; e não se conseguia ver os cabelos de uma freira, nunca, nunca. Nas orações, elas aspiravam a penitência, o sofrimento, o martírio, os êxtases como os de Santa Teresa e queriam voar sobre a cidade cheia de casas e sobrados de azulejos, por que tantos azulejos portugueses, tantas pedras de cantaria?, ensinavam nas aulas de História que os navios vinham de Portugal trazendo este lastro, as pedras, os azulejos, os livros, coisas pesadas, e voltavam levando coisas valiosas, o pau-brasil, o algodão, a pimenta, os papagaios. Os navios que vinham da África traziam escravos, muitos escravos, e eles se espalhavam pelas casas da capital e fazendas do interior e se irmanavam nas noites do batuque do tambor-de-crioula, que até hoje pode se ouvir trazido pelo vento o rumor da música grave pulsante que o canto tonal das freiras tenta inutilmente suplantar com suas notas elevadas.

Gostavam de dizer que o Outeiro era uma metáfora de outro monte santo, o Carmelo, casa do Profeta Elias, fértil com suas encostas verdejantes em contraste com o azul do céu e do mar; e, como aquele, tinha fontes abundantes e permanentes, represadas, canalizadas e domesticadas, em uma engenharia utilitária, mas que, na estação das chuvas, voltavam a descer caudalosas. Na vertente da colina voltada para o oriente, as ruínas de uma piscina muito antiga alimentada por um fio de águas puras foi restaurada pelas freiras; a lenda dizia da filha de um nobre que se banhava na piscina e cuja morte, afogada, trouxe tanto desgosto ao pai que este mandara aterrar, deixando apenas o frontispício encimado por uma pedra com o nome da filha gravado: "Aretusa", como a ninfa. Às vezes uma ou outra aluna fugia de uma aula enfadonha, e ia subindo por uma trilha escondida até chegar à piscina, mas isso era raro, pois todas tinham muito medo daquele recanto misterioso e enfeitiçado.

O uniforme das alunas era uma saia branca plissada bem abaixo do joelho e uma blusa azul-marinho. Ou o contrário, a memória me falha, talvez seja uma saia azul-marinho e uma blusa branca, sem decote, sem transparência, mangas quase no cotovelo. Quando as meninas saíam da aula levantavam as mangas abriam os botões da blusa e dobravam o cós para subir a saia e mostrar as pernas os joelhos, as coxas que queriam tanto. A maioria das alunas ficava apenas um período na escola, manhã ou tarde, mas havia umas em regime de semi-internato e umas poucas internas, morando em uma ala de quartos entre a clausura e o colégio. As freiras eram muito rigorosas com a disciplina, e não aceitavam amizades particulares entre as alunas.

3. A menina da piscina

Ela não era uma órfã, e cada noite rezava para Deus e o Anjo da Guarda protegerem seus pais e a irmã mais velha que sim precisava muito de proteção. Ela tinha uma casa para a qual voltava toda tarde na hora do Angelus depois do dia inteiro no colégio. Ela olhava tudo, ouvia muito, lia qualquer pedaço de papel impresso ou manuscrito que lhe caía às mãos, livros folhetos jornais revistas panfletos bilhetes cartas e à noite em seu quarto o ronco forte da irmã não a perturbava e ela anotava tudo o que via e ouvia e lia em seus cadernos meticulosamente arrumados na estante.

Ela se olhava no espelho: "sou trigueira porém formosa", ainda uma menina, e se perguntava se algum dia um cavalheiro iria gostar daquela pele onde espinhas brotavam sem aviso, daqueles seios que estavam apenas começando a aparecer, se perguntava se algum príncipe iria querer beijar aquela boca sempre contraída e de lá fazer explodir encantos e palavras doces e maviosas, se algum homem iria um dia querer naufragar em seus olhos que agora só queriam ver tudo e ler tudo, se algum dia ela iria passar a escrever somente lindos poemas de amor, "os olhos do meu amado".

Ela ouviu muitas vezes a lenda de outra certa menina, filha de um nobre dono das terras do Outeiro, que se afogou em uma piscina natural feita na vazante de uma pequena represa, mas nunca acreditou muito nas histórias que ouviu. Sim, a piscina estava lá, no alto, no meio de uma trilha íngreme, e de lá se via o mar, e a trilha era escura entre as árvores e lá estava, a piscina de pedras de cantaria que foi restaurada das ruínas pelas freiras, com o nome gravado em pedra: Aretusa. Mas ela não acreditava, como uma moça, uma menina, uma mulher, pode ter se afogado nesta piscina de águas tão mansas?, e também diziam que o fundo da piscina era de areia movediça que dava em um sumidouro que jogava os afogados no mar lá embaixo e tão longe onde os peixinhos pequenos começavam comendo os olhos e depois os tubarões comiam tudo deixando só as roupas do infeliz que a maré logo devolvia e iam secar nas areias mornas da praia. Mas ela não duvidava. Não acreditou nem quando disseram que aquela tal Aretusa havia se matado. De amor, disseram. Ela não acreditou que se morresse de amor, ela era muito jovem e ingênua. Um dia ela ia saber.

Ela ouviu em uma aula a fábula de uma ninfa, Aretusa, o mesmo nome da menina-afogada. Uma ninfa que fazia parte do cortejo de Artémis e que, como a deusa-caçadora, guardava a castidade. Um dia, extenuadas após uma caçada, as ninfas se banhavam em um regato, quando Aretusa ouve a voz do rio, Alfeu, por ela enamorado; a ninfa foge assustada, com o deus-rio em seu encalço, perseguindo-a até que, cansada, ela sucumbe ao assédio da torrente de águas furiosamente apaixonadas; é quando a deusa, ouvindo a súplica da ninfa, envolve-a em uma nuvem e a transforma em uma fonte. A menina se perguntou se as duas Aretusas não seriam a mesma pessoa, e se fugir do amor como a ninfa não seria o mesmo que morrer de amor como a filha do nobre. Mas ela era muito jovem, e não sabia ainda, apenas acreditava ou tentava acreditar em tudo o que contavam. Um dia ela ia saber.

4. Repouso

Domingo, ou outro dia, muitos anos depois. Há muito tempo ela não recebe mais visitas, mas também não se importa, as últimas visitas foram se tornando cada vez mais constrangedores momentos de silêncio e culpas. Agora ela já está com dificuldade ao ler o caderno de capa marrom, as palavras escritas se perdem entre a névoa da vista, entre as lembranças e os esquecimentos. Na última página do caderno, um nome "Aretusa" em letras rebuscadas e uma mecha de cabelos acobreados presa com uma fita lilás; mas ela olha e olha e não entende, não se lembra. Ela sabe que em algum daqueles cadernos, talvez no de capa cor-de-rosa, vai estar a chave do que ela esqueceu, mas ela nunca mais encontrou aquele caderno. Talvez ele nem tenha existido, de qualquer forma isto cada vez importa menos.

17./ Vingança

A água da piscina está feia, verde, podre, ela olha para aquela poça, para o gramado seco e mal cuidado, para suas mãos com as unhas por fazer, e pensa com ódio que vai se vingar. Ela sempre foi amiga, a melhor amiga, a confidente, e agora estava sendo traída. Vingança.

*(releio o parágrafo que escrevi, seleciono o parágrafo inteiro menos a palavra "*vingança*", deleto tudo e começo de novo:)*

Vingança. A água da piscina está límpida, azul, convidativa, e é delicioso mergulhar na secura daquela tarde de verão. Ela se enxuga com uma toalha felpuda, olha suas mãos com as unhas bem feitas, e pensa friamente que vai se vingar da amiga, da melhor amiga, da confidente. Ela não aceita ser traída, e vai se vingar.

(releio, acho que é melhor, um pouco melhor, menos óbvio, ou não, salvo o arquivo e continuo escrevendo:)

Ela encontrou cartas *(apago, ninguém escreve mais cartas)*, bilhetes, mensagens de voz, e-mails. *(apago tudo)* Eles não deixaram rastro, ou pensavam que não, mas ela descobriu tudo *(não, não, não, apago, deixo só o* "descobriu tudo" *e incluo outras palavras:)*

Quando ela descobriu *(apago o* "tudo"*)*, a primeira reação foi de incredulidade. *(que horror, apago apago, deixo só o título, depois nem o título)*

(eu queria contar uma história alegre, para variar, uma história feliz, mas não sei como, já começo com uma tragédia, uma traição, uma vingança, e na minha cabeça toca uma

canção que ouvia muito antigamente "eu gostei tanto quando me contaram...")

(uma história alegre)

(um final feliz)

(uma história alegre e com final feliz, sem violência, sem fetiches, sem incestos, sem pedófilos, zoófilos, sádicos, masoquistas, assassinos, só pessoas escandalosamente normais)

(escrevo, devagar:)

Ela está deitada ao lado da piscina, que resplandece na tarde ensolarada. Os olhos fechados atrás dos óculos escuros, ela ouve passos e sente a presença dele, ela sente o desejo dele, ele a abraça e ela se deixa envolver

(não não não)

(Não salvo o arquivo, fecho o computador, bebo outro gole da cerveja e me jogo na piscina que me espera. Hoje realmente não há clima para escrever.)

(Enquanto nado na piscina penso, uma história feliz, não aguento mais estas histórias tristes e estes personagens esquisitos, o pior é quando acham, eles sempre acham, que é autobiográfico, acham que tudo o que alguém escreve é fato acontecido mesmo, memórias reais, e me pressionam perguntando "então você..." ou, pior, me olham com a cara fechada ou deixam de falar comigo, deixam de responder meu bom dia, não adianta nunca adianta eu dizer repetir insistir que é ficção é tudo ficção, ninguém nunca acredita, por isso quero escrever uma história feliz com personagens felizes e bem comportados e bem profissionais e bem ajustados e ricos e brancos e bonitos e sem histórias estranhas escondidas ocultas e moradores de uma casa bonita e feliz com uma piscina muito azul. Como a minha piscina)

18./ Estação Paraíso

Minhas mãos tremem. O tempo não passa. Cheguei aqui há uma hora e ainda tenho que esperar. Por. Pelo menos. Outra hora, ou mais. Até caminhar displicentemente até a estação de metrô como se morasse aqui em um Tatuapé qualquer da vida e saltar no Paraíso.

As seis horas de viagem da Novo Rio ao Tietê (contando com a meia hora de um lanche horroroso em um lugar muito estranho com um nome que faz referência a uma flor) são um tempo inconveniente. Se você precisa fazer alguma coisa em São Paulo em algum lugar que só abre às dez da manhã, tem que sair do Rio umas três da madrugada. E saindo em horário menos desconfortável, digamos, dez e meia ou onze horas da noite na Novo Rio, são horas de espera, horas mortas, aqui no Tietê. Ler todos os livros, jornais, ouvir musica no iPod, mijar, jogar na mega-sena, beber café, beber água, mijar. Minhas mãos tremem. Hoje meu compromisso é mais cedo, não tenho que esperar tanto, mas em compensação a espera é mais tensa. Mijar, beber café, beber agua, mijar.

Nos bons tempos eu não tinha que esperar muito, chegava na rodoviária do Tietê cedo mesmo, pegava o primeiro metrô e ela estava me esperando, no Paraíso, na cama, ainda dormindo (ela acorda sempre tarde), nos beijávamos com gosto de sono (ela), de café (eu), às vezes eu a comia com ela meio dormindo, no umbral entre o sono e o despertar, às vezes eu caía no sono também e acordava no meu horário, saía pro meu compromisso de trabalho, deixava ela dormindo, foi bom, muito bom.

Nos conhecemos assim, em Sampa, bom lugar, eu, sempre levando meu trabalho complicado lá, ela, sempre assim, simples, em Sampa, e assim ficamos. Nos conhecemos na abertura de uma exposição de arte. Eu estava em São Paulo mesmo e um cliente me deu um convite para a exposição de uma amiga dele que é artista, em uma galeria nos Jardins um sábado pela manhã, disse que ela tem até uma certa projeção, não entendo disso mas parece que as pinturas dela custam milhares ou milhões de dólares ou euros em leilões no exterior,.

O convite dizia "*brunch* - onze horas", coloquei uma roupa maneira e fui; e lá estava eu, fora do tom, as pessoas todas com roupinha de quem tinha ido correr no Ibirapuera, e depois dizem que os paulistas é que são mauricinhos, tou eu aqui de sapato de couro e calça social e aí chega aquela mulher bonita, novinha, branquinha, meio ruiva, fumando, eu tomando espumante pra me embebedar de graça e penso para mim que ela nunca vai me dar mole, sou um zero à esquerda no meio de tanta gente rica de São Paulo com shortinhos e moletons como se tivessem vindo direto do Parque para o espumante da exposição, bebo mais e de repente estamos juntos em um grupo e o grupo se desfaz e eu fico só com ela, ela comigo.

Depois ela disse que sacou em silêncio todas as pessoas com as quais queria transar, eu fui a última opção, mas os outros todos estavam acompanhados, ou eram otários, ou bêbados, enfim, sobrei eu. E ela gostou do lado obscuro do meu trabalho, quando eu contei, pela metade, já meio alto. O fato é que ficamos juntos, nos olhamos nos olhos, eu nem acreditava, tão linda e tão branquinha, mas ela me levou na casa dela e pediu uma pizza e trepamos muito.

Trepamos muito, muitas vezes e sempre. Ela não se envergonhava de mim, de minhas roupas cafonas e do volume sempre presente por sob as minhas roupas. Não o pau, o 38. Ela me levou ao topo do mundo, ao terraço do prédio dela sobre o Paraíso sobre Sampa, e lá tinha uma piscina, um pianista cego tocava um *blues*, crianças nadavam, era muito alto e quase entrei em pânico com os helicópteros que voavam e podiam a qualquer momento cair sobre nossa cabeça. Melhor teria sido se.

Beijos, abraços, momentos. Eu saía do Rio e chegava na casa dela e tudo estava me esperando, os lençóis macios, os edredons acolhedores, a ducha com sabonetes cheirosos, os momentos, tudo. Eu ia a Sampa sempre, quase toda semana, mais ou menos, meu trabalho exige muito, só ligava pra ela e dizia "tou indo", chegava lá e já tinha a chave, passava no supermercado, engraçado como os supermercados do Rio e de São Paulo são tão diferentes, a disposição das mercadorias é totalmente diferente, eu pensava sobre isso e queria entender. Queria entender o porquê de muitas coisas. Comprava uns vinhos, uns patês, torradinhas, o abridor de vinhos de lá fui eu quem levei, levei shitakes e endívias, combinados de sushi e sashimi, vinhos brancos e rosés e tintos, todos de acordo com a comidinha, isso eu sei, muitas coisas eu aprendi, aí chegava lá e beijava ela na boca. Antes de eu conhecer ela, eu ia a São Paulo e tinha meu hotelzinho reservado, no início mantive a reserva mesmo ficando pouco tempo lá e mais tempo com ela, depois passei a não mais reservar o hotel e ficar direto com ela, bebendo com ela, trepando com ela, sempre, qualquer hora.

Quando tempo? nem sei, uns seis sete oito dez meses, pouco tempo, menos de um ano, mas muito.

Depois acabou, acabando.

Foi acabando.

Aos poucos, um dia.

Um dia ela pediu de volta "minha" chave, a chave do apartamento dela que ela tinha deixado comigo; entreguei. Foi quando liguei "tou indo" e ela falou que estava com a irmã e o cunhado do interior hospedados com ela e eu não ia poder ficar lá, só desta vez, mas a gente ia se ver, reservei de novo o hotelzinho e na verdade nos vimos mas foi como um contrabando um sexo rápido e oculto, no hotelzinho, quando ela se arrumou depois de um banho naquele chuveiro elétrico de hotel de terceira, falou: "Gosto muito de você, sempre" e me pediu minha chave, "é pra minha irmã", e eu percebi que estava perto do fim.

Depois, todas as outras vezes que fui a São Paulo tive que ficar no tal hotelzinho. Ela dizia, estou doente, não posso sair. Liguei para ela, louco, em uma madrugada, e ela atendeu "alô, mamãe". Eu gritei, "mamãe é a puta que o pariu", mas só depois caiu a ficha e percebi que tinha alguém do lado dela, dormindo, por isso o disfarce.

Disfarce, disfarce. É fácil fazer pesquisas, e não ser enganado. Alô mamãe é a puta que o pariu, com certeza.

Voltei a minha rotina de ficar no hotelzinho, longas horas de espera na rodoviária, ligava para ela e nada, ocupada, sempre, ou gripada, ou nem me atendia.

Mas hoje é um pouco como antigamente, não tenho que esperar muito, só o tempo de pegar o primeiro metrô e chegar no prédio dela no tempo exato de meia hora entre a saída do porteiro da noite e a chegada do porteiro da manhã, meia hora apenas, conheço toda a rotina e me preparei para isso. Devolvi as chaves mas é claro que fiz cópias antes, minha profissão. Depois, voltar no mesmo metrô, do Paraíso ao Tietê, e pegar outro ônibus para o Rio, com sorte chego na Novo Rio no meio da tarde. Ninguém nunca vai saber que eu fiz este percurso todo, em um dia de semana, um dia como outro qualquer, ninguém nunca vai me ligar à cena.

Tenho a chave do apartamento mas assim mesmo toco a campainha, um toque só, quem vier atender a porta leva o primeiro tiro. Sei quem é, quem acorda cedo, a mulher morena que está dormindo com ela. O segundo tiro é pra quem ficou na cama, novinha, branquinha, cabelos cor de sangue, o ranço do cigarro na boca, ainda meio dormindo, talvez esperando ser comida no umbral entre o sono e o despertar.

19./ De pavões

1.

Quando era criança, a pequena Heloísa foi a uma casa, uma chácara, um sítio, uma fazenda onde moravam pavões.

Ela ficou encantada com os pavões, lembra disso até hoje; corria, eles abriam as caudas querendo assustá-la; ela recuava e corria de novo; para de novo vê-los abrindo as caudas reluzentes sob o sol mortiço de um outono qualquer; brincando por horas, ela e os pavões não cansavam, o verde do gramado com uma enorme piscina azul-turquesa e um céu sem nuvens refletido na piscina. Heloísa não quis cair na piscina, estava frio; depois se arrependeu.

As pavoas, feias, pardas e tímidas, não participavam da brincadeira, talvez cuidando dos ovos de onde um dia nasceriam lindos pavões fulgurantes.

As penas, e Heloísa ganhou da tia uma pena, que não guarda até hoje.

A dona dos pavões, que Heloísa chamou de tia sem ser, contou que um dia há muito tempo uma Princesa de um país distante havia passado pela casa e, como Heloísa, havia brincado uma tarde inteira com os pavões.

Heloísa perguntou à tia por que a Princesa nunca mais voltou para brincar com os pavões. Não teve resposta. Mas ela não precisava ouvir a resposta, quando fez a pergunta ela já sabia o porquê. E sabia também que a tia nunca teria coragem de lhe dizer.

Ela era apenas uma criança, faz muito tempo.

2.

Ele se debruçou sobre meu ombro. Estou cansado, hoje foi um dia cheio. Devia ser tudo mentira, o que ele falava. Chegou perto de mim para poder falar bem baixo, enquanto as outras pessoas na mesa conversavam alto, riam, bebiam as taças de vinho que harmonizavam ludicamente com aquelas pequenas porções enigmáticas servidas em coreografias que tentavam justificar o valor alto da conta que nos seria apresentada depois. Uma experiência inesquecível, este jantar, eu sei, ele sabe, mas ele quer me contar alguma coisa, de muito tempo antes, bebo outro gole do vinho que é como o néctar do Olimpo e me debruço também sobre o ombro dele, sinto o cheiro dele, na verdade não é cheiro dele, é de um calvin klein qualquer, ele recua, ri, eu rio também, está sendo servido um outro prato que a Chef pesquisou elaborou construiu e por fim apresentou especialmente para nós, a mesa mais animada, a mesa mais invejada, a mesa mais festejada, a mesa que vai aparecer em todas as colunas de jornais, nós.

Ele me diz, namorei um cara em São Paulo, mas não era São Paulo a capital, era no interior e o interior de São Paulo é muito rico, não é como aqui no Rio (eu sei, disse, e pensei que não sei por que ele me conta isso, prefiro escutar o que o emissário da Chef diz sobre o novo prato e sobre a nova harmonização), mas ele segura forte minha perna e me diz que iam sempre juntos de carro da casa do namorado para a noite de São Paulo até que um dia –

(mentira, tudo mentira, com certeza, pagamos demais por isso tudo, pedacinhos de *foie-gras*, taças de ouro líquido borbulhante, gotas de azeite trufado, alecrins, escargots, queijos da Serra da Estrela, *toro*, *Amour de Deutz*, *tartares*, caviar, reduções e fumaças)

Aí os outros da mesa já estão fazendo brindes, tento brindar também, a pintora agora é quem está em evidência, bateu um recorde de venda de uma tela em um destes leilões em Londres, deve ser lavagem de dinheiro, todos fazem um brinde a ela que agradece com seus lindos cabelos cor de brasa e depois mais *champagne* e outro brinde ao aniversariante.

E já ele aperta minha coxa bem perto de meu pau, continua sua história, me sussurra que uma noite foram a uma boate em São Paulo, aquela tal boate, ficaram, curtiram tudo o que tinha para curtir, depois pegaram o carro para voltar para a cidade do namorado, são estradas lisas e lindas e modernas e eles iam no limite máximo da velocidade, ouvindo música clássica no CD, mão na mão, o namorado dirigindo o carro maravilhoso, os paulistas investem muito em carros, os dois pensando em como a vida era boa para eles. Quando de repente um pavão vindo do nada entrou na estrada justo na frente do carro que naquela velocidade não poderia nunca frear a tempo; e atropelaram o pavão. Simplesmente isso: atropelaram e mataram o pavão que atravessava aquela pista de alta velocidade em uma madrugada fria, vindo de onde ninguém nunca poderia imaginar, ele e o namorado dele (ele me conta e me beija meu pescoço e eu tento cair fora enquanto o momento é das sobremesas e de suas harmonizações especialmente feitas pela Chef em pessoa).

Ele me conta em meu ouvido que pararam o carro e pegaram o pavão atropelado, agonizante, e enquanto continuavam os carros a passar em alta velocidade em uma estrada perfeita em uma madrugada fria eles entraram em outro ritmo, arrastaram o pavão, que pesava umas oito toneladas, lhes parecia isso, e o namorado dele começou a chorar compulsivamente, tentando reanimar o pavão que arquejava nos estertores, fazia frio, a noite era escura, com poucas estrelas mas as penas do pavão faiscavam em azul-e-verde manchado de vermelho. O namorado chorando copiosamente com o pavão que estrebuchava, ele não sabia o que fazer, me falava e me beijava sem parar, espero que não me fotografem deste jeito correspondendo aos beijos dele, pedi licença para ir ao banheiro, na mesa as pessoas pediam café ou chá, não vou ao banheiro, vou ao caixa e pago minha parte no cartão, bebi demais não consigo nem digitar direito a senha, me perguntam se quero que chame um taxi, digo que não, saio sozinho e vou andando pela beira da lagoa, quem sabe eu sou um pavão e me atropelam. Queria saber como acabou aquela história, mas acho que nunca vou saber, tudo bem.

3.

É sempre assim em lugar frequentado pelos ricos, quando dá uma merda os ricos são logo liberados e os pobres, os garçons, cumins, manobristas, cozinheiros, seguranças, serventes e eu ficamos até tarde respondendo sempre as mesmas perguntas, se o amigo de Dona Heloísa e Dr. Alberto já tinha vindo antes ao restaurante (*nunca vi antes*), se Dona Heloísa e Dr. Alberto vinham muito (*sim, são frequentadores habituais e são muito generosos*), se eu já havia antes beijado Dona Heloísa como viram na gravação da câmera de segurança (*não, nunca, ela estava indo ao banheiro e me beijou, e como ela e o marido são muitos generosos e clientes há muito tempo do restaurante, eu não poderia deixar de fazer o que fiz, corresponder ao beijo e entrar com ela no reservado do banheiro*), se o Dr. Alberto sabe que a mulher o traía com um simples maître (*Dona Heloísa é uma senhora muito digna, ela nunca trairia Dr. Alberto, ela estava um pouco alta e fui ajudá-la a se aliviar, é a minha função para clientes tão bons como eles*), se é verdade que o Dr. Alberto além de corno é veado (*Dr. Alberto é um homem muito culto e educado e da melhor família, não sei de nada que o desabone)*, se o maluco tinha tentado me beijar também (*claro que não e eu não sou chegado a estas coisas, não*), que se eu tinha um caso com a grã-fina apesar do defeito dela bem que eu devia estar comendo o maluco também (*Dona Heloísa é uma senhora muito elegante e ninguém repara no defeito na perna*), se ele tinha bebido muito (*acredito que sim, a mesa toda foi muito farta com as bebidas, aniversário de Dr. Alberto*), se o maluco havia usado drogas (*absolutamente não, aqui é um ambiente totalmente familiar*), e porque o maluco tinha ido embora caminhando em uma redondeza tão perigosa (*tentamos colocá-lo em um táxi mas ele não quis de maneira nenhuma, disse que era perto e ia caminhando*) e de novo se o maluco já tinha vindo antes ao restaurante (*nunca vi antes*).

Coitado, estava muito bêbado, errou a senha do cartão que ia sendo bloqueado, tive que digitar para ele os números que ele me ditava, além de bêbado estava muito nervoso e saiu para a noite escura, para a beira da lagoa, para ser morto assim, de uma forma estúpida, nem um tiro nem uma facada, nem um grito, só com socos pancadas pauladas pedradas, nem conseguiu gritar muito ou nem tentou. O delegado disse que está todo desfigurado e que era bonito, um destes atores ou modelos ou *playboys* que eu não sei direito o nome, nem tenho tempo para ver TV, mas tudo vai mudar, tenho fé em Deus, foi um aviso, um sinal, só quero que o delegado me libere logo para ir pra casa, antes de chegar em casa passo no caixa eletrônico e faço um saque com o cartão dele que não devolvi, o coitado não vai mesmo usar mais o dinheiro que tem, depois passo na banca e coloco a grana do saque no milhar, os quatro números da senha do cartão que o maluco me ditou e eu digitei e decorei, 7376, um milhar do pavão, só pode ser isso, um presságio.

20./ Arrumando os altares

1. *Gratia plena*

Quando eu era um estudante, uma das coisas que mais me deixavam emputecido era quando eu fazia a ponta de um lápis com o apontador, com todo o cuidado, e a ponta já estava bonita e quase pronta, aí o grafite quebrava; eu imaginava que aquela merda do grafite devia estar toda quebrada por dentro do lápis e eu ia ficar a tarde inteira girando com o apontador e o grafite quebrando até não sobrar mais lápis nenhum.

Mentira, quando eu era estudante, a coisa que mais me deixava emputecido era quando passavam a mão na minha bunda.

Nestas horas você tem que fazer o que? Brigar, claro, eu me virava rápido e dava um chute ou tentava um soco mas o sacana já estava longe, rindo; pior era quando eram dois sacanas combinados e quando eu me virava para atacar o primeiro que já corria longe rindo o segundo vinha por trás e passava de novo a mão na minha bunda, duas vezes não, que merda, pior muito pior que o grafite se quebrando todo dentro do lápis e eu vou ficar sem lápis nenhum e com a bunda como uma pia de água benta onde todos metem a mão.

Colégio de padres, o pior de tudo era na hora da confissão. Padre Tarcísio estava me esperando de batina branca sentado no confessionário, antes me preparei bem, ensaiei o que ia contar e o que ia disfarçar, se não contasse ia ser foda, depois a hóstia ia sangrar e crescer dentro de minha boca e me engasgar me sufocar e me matar por meu pecado de mentir na confissão, então eu não podia mentir, mas fui aprendendo a contar do meu jeito, um jeito disfarçado. Principalmente porque eu sabia, meu colega Barbosinha me contou, que o padre Tarcísio gostava muito de um menino, eles foram para um retiro na casa dos padres e à noite o padre não largava do meu colega, eu tinha medo de contar algumas coisas e o padre Tarcísio achar que eu ia ser o próximo e passar a mão na minha bunda.

"Padre, pequei"

"Pensamentos?"

" Sim"

"Palavras?"

"Sim"

"e obras?"

"..." (silêncio)

"?"

"s-i-m"

"?"

"SIM"

"hum"

"..." (silêncio)

"sozinho ou acompanhado?"

"sozinho"

"hum..." (o padre murmura, sem nenhum interesse, é uma confissão igual à de centenas ou milhares de punheteiros) "só isso?"

"não,"

"hum?" (o padre começando a se interessar)

"acompanhado"

"hum!!!!" (o padre agora com muito interesse)

"hum" (eu, envergonhado)

"onde foi?"

"ahh" (eu, mais envergonhado)

"onde????"

"em vários lugares"

"HUMM!!!!!" (Mais interesse)

"ahhh" (mais envergonhado ainda)

"ONDE?"

"em casa..."

"onde em casa?"

"...no meu quarto..."

"ah" (desinteressado)

"...no cinema Rex..."

"Hum!!" (interessado)

"...aqui no colégio"

"Em que lugar no colégio?" (interesse máximo)

"Não tenho coragem de dizer!"

"pelas chagas de Cristo, se arrependa e confesse para ser perdoado!"

"...depois da aula de ginástica, depois das aulas de recuperação, depois..."

"ah" (decepcionado; pausa; uma pergunta importante:) "sozinho ou acompanhado?"

"..." (um suspiro, sem coragem)

(O padre repete:) "sozinho ou acompanhado?"

"algumas vezes sozinho, outras acompanhado"

"quantas vezes?"

"muitas"

"muitas sozinho ou muitas acompanhado"

"..." (sem coragem)

"Ufff" (o padre está ofegante)

(de um jato:) "meu colega o Barbosinha, que foi no retiro dos padres, ele gosta de segurar o senhor sabe o que e eu não quero mais, ele também bota na boca é muito bom, sei que é pecado mas ele insiste e diz que no retiro também..."

“Cale-se! Se tua mão direita é motivo de escândalo, corta tua mão direita, Cristo disse! Você sabe disso e não repita, reze três terços completos e evite as tentações, não escute o que este colega diz, pode ser uma cilada do demônio, reze os terços e se arrependa e será perdoado.”

O pior mesmo era quando o apontador ficava com as lâminas cegas. Antes disso, ia enchendo de grafite e pedacinhos da madeira do lápis e eu soprava para limpar, até que um dia o Barbosinha me falou no ouvido, “você é idiota, se você sopra pra limpar o apontador as lâminas vão enferrujando e ficam cegas e daí a pouco não vão cortar mais nem manteiga”, eu não entendi, fiquei imaginando para que se ia querer apontar manteiga com um apontador como se fosse um lápis, enquanto eu não entendia o Barbosinha segurou meu pau, aí isso eu sei, ou mais ou menos que sei, quando passam a mão na sua bunda você tem que brigar mas quando passam a mão em seu pau você tem que fingir que não está vendo nada, que não é nem com você, aí eu aproveitei enquanto ele mexia em meu pau pra rezar um pedaço dos três terços que o padre Tarcísio mandou, não precisa nem falar com a boca nem ter um terço mesmo, basta pensar *“ave-Maria-gratia-plena...”* e ir contando, um padre-nosso, dez ave-marias, cinco vezes, a salve-rainha e o creio-em-deus-pai, tem que ir contando sem se perder, os mistérios dolorosos e os gloriosos, se você está com o terço na mão melhor para contar, mas como eu ia rezar meu terço com o Barbosinha pegando em meu pau? Mistérios gozosos, pensamentos palavras e obras, quando me confessar de novo a penitência vai ser muito pior.

“Padre, peço tua bênção porque pequei”

“e os seus colegas que te levam para o inferno? Fuja deles! Não acredite no que eles dizem, eles estão te tentando!”

Salve-Regina-Mater-misericordiae-vita-dulcedo-et-spes-nostra-salve!

Quando eu era um estudante queria sempre ser o primeiro da turma, de todas as turmas, mas para isso não era preciso só ter boas notas, era preciso ser puro casto e rezar sempre, rezar pelas missões, pela conversão dos países comunistas, o terceiro segredo de Fátima, a beatificação do fundador do colégio, os santos mártires, santo Estevão que era um menino, santa Bernadete que preferiu morrer que perder a honra. Todos os dias a folhinha dizia qual era o santo e qual o pensamento da Imitação de Cristo que a gente tinha que pensar pensar pensar até a cabeça doer. No mês de maio os bons alunos ficavam a tarde no colégio para preparar um altar para Nossa Senhora, os maus alunos também, só que enquanto os bons enfeitavam o altar os maus ficavam fazendo zona e passando a mão na bunda dos menores.

Um dia o Barbosinha me falou: "Vou fazer uma viagem". "Com tua família? No meio do período de aulas?" "Não, vou sozinho mas ninguém sabe só você não conta pra ninguém" "Sozinho? Você não tem medo?" "Não, bobo, eu saio daqui sozinho mas encontro o padre Tarcísio e vamos para o sul para a praia, para um hotel como se a gente fosse pai e filho, ele quer me levar para restaurantes comer estrogonofe e filé à francesa, e depois uns bares e umas boates que ele conhece, só uma semana, depois a gente volta". Sou bobo mesmo, acho, fiquei meio sem ar, perguntei, "você não tem medo?" "Do quê?"

Um dia no colégio o Barbosinha não veio à aula, disseram que estava de cama gripe forte ou talvez uma hepatite. Um dia no colégio o padre Tarcísio com sua batina branca não estava mais no confessionário. Para rezar a missa de antes das aulas um padre novo que os coroinhas odiavam, bebia todo o vinho dos galheteiros e não deixava nada para eles. "Padre Tarcísio está com a mãe uma velhinha muito doente no interior, foi ver a mãe, ausente por uma semana se a mãe melhorar", enquanto isso o padre novo bebia todo o vinho dos galheteiros e arrotava azedo no escuro do confessionário.

Uma semana e o Barbosinha não voltou às aulas, os outros alunos nem lembravam mais dele, agora os mais velhos passavam a mão na bunda do Júnior, Oto Júnior, o Otinho, da turma dos mais novos. O Júnior não ia com a minha cara, nunca segurou meu pau, mas eu não me importava, melhor ainda, menos um pecado pra confessar pro padre que bebia todo o vinho, diziam que depois do jantar na hora livre para a meditação ele saía e ia beber cerveja com as putas, deve ser mentira, o povo malda muito.

Uma semana e o Barbosinha não voltou, passei na casa dele depois das aulas, a mãe dele era meio zonza e não sabia direito o que dizer, umas crianças nuas e sujas no meio da sala, "meu filho foi viajar e está muito bem, muito melhor que vocês nesse colégio de merda onde não se aprende nada, ele vai estudar para ser padre bispo arcebispo cardeal papa".

Mais uma semana e o padre Tarcísio apareceu de novo nas aulas e no confessionário, o padre mais novo deixou de rezar a missa de antes das aulas e de ficar na confissão e dizem que pra ele foi ótimo, mais tempo para beber cerveja cachaça com as putas. Dizem também que a mãe do padre Tarcísio ficou boa curada como um milagre, talvez um milagre do padre fundador do colégio, o Vaticano vai analisar e com isso o fundador em breve vai ser um Santo com direito a imagem e relíquias no altar que a gente vai ter que enfeitar também. Mas o Barbosinha nunca mais ninguém viu nem sentiu saudade.

Bom, mas depois disso tudo eu era mais velho e não precisava escrever só com lápis e borracha para apagar os erros, ganhei uma caneta tinteiro Compactor e escrevia tudo em uma letra bem desenhada sem precisar ficar apagando, azul-real-lavável por enquanto mas quando eu fosse mais velho e talvez ganhasse uma Sheaffer ou até uma Parker ia ser a azul-permanente. Mas a coisa que mais me emputecia era quando eu estava no meio de uma palavra e acabava a tinta da caneta, a escrita saía fraca e falhada, tinha que parar para encher a caneta com a tinta que escorria e se espalhava, meus dedos ficavam manchados de tinta e se eu não tomasse cuidado ia manchar o caderno também, se fosse no meio de uma prova era pior, tempo perdido, nervosismo, a palavra iniciada com pouca tinta depois muita tinta, aos poucos a gente vai aprendendo, mas mesmo assim é melhor do que fazer uma ponta em um lápis e ver que o grafite está todo quebrado dentro dele.

2. *Dominus tecum*

O pior é a tarde, pensa irmão Rui: quando não tem aula nas salas, e os alunos voltam ao colégio depois do almoço para as aulas de ginástica, as aulas práticas no laboratório de química, as aulas de recuperação. O pior, em maio eles voltam de tarde para arrumar os altares de cada sala para o mês de Maria, quem participa ganha um ponto a mais na média e o altar mais bonito do colégio ganha um prêmio especial, não sei o que estes meninos que já tem média boa vêm fazer aqui toda tarde arrumando o altar, devem estar querendo é sacanagem, todos eles, depois se confessam com o padre Tarcísio que fica babando babando. À noite deve ser muito pior, entre os internos, mas isto não quero nem saber, Deus me livre, o dormitório do internato não é de minha responsabilidade e sim do padre Artur, cuido só da disciplina diária, zelar que eles não se matem nem fumem nem façam obscenidades na frente de todo o mundo na luz do dia. Pela manhã é mais tranquilo, todos nas salas de aula, anotando a matéria, basta vigiar os banheiros, mas à tarde tenho que circular por todo o colégio, dar incertas nas salas, até na capela, na quadra de ginástica com a piscina desativada, nos banheiros então nem se fala, lá vou eu circulando pelos corredores sacudindo minhas chaves, quando padre Artur me aconselhou a sempre sacudir meu molho de chaves preso no cordão da batina ele sabia bem, o barulho das chaves pelos corredores é um aviso que estou por perto, chegando, só o tempo de pararem as saliências ou de apagarem os cigarros – sinto no ar a fumaça o cheiro de tabaco e já chego reclamando, ameaço mando falar com o padre diretor – quando eles me veem são todos uns anjinhos, mesmo os já impossíveis já perdidos como este tal Barbosinha, bom aluno mas gosta de ser mulher para os mais velhos, todos comentam isso, fazer o quê?, suspender, expulsar, isso o padre diretor não permite, a mãe viúva, pobre, honrada, beata, e dizem que nem viúva de verdade ela é, sem o sacramento do matrimônio, falam que o pai do menino é um senador da República que protege mãe e filho, ela cozinheira na casa do senador que então era jovem deputado quando o menino nasceu, Deus ilumine esta criança para que deixe estes maus hábitos e salve a mãe e o senador, o fato é que ele faz boas doações ao colégio e sustenta mãe e menino pobre pecador tão menino e tão pecador. Mas o pior não é o Barbosinha, o pior mesmo são os sonsos, eu sei. Os mais velhos sempre passam a mão e bolinam os mais jovens, que brigam, mesmo em desvantagem, apanham mas brigam e os que brigam e reagem embora perdendo as brigas apanhando são respeitados. A vida. No fundo isso tudo é assim, a vida, sempre foi assim, faz parte do crescimento, do aprendizado, apanhar hoje para depois bater, ser enrabado para depois enrabar, assim é a vida, este vale de lágrimas. Mas os sonsos os sonsos não brigam e também não são como o Barbosinha, que deixa e gosta, os sonsos não, os sonsos não brigam mas recusam e recusam e recusam, eles querem e se oferecem mesmo sem saber que querem e depois rejeitam e com isso os mais velhos ficam loucos as recusas só atiçam é o demônio tentando, o enxofre, o cheiro de hormônio empesteando o ar. O pior de todos os mais velhos é o tal de Ilson, mau aluno, o pai tem dinheiro construtor começou com casas para alugar e depois comentam que entrou em negociatas para construir o tal prédio alto onde demoliram a igreja dos pretos, mas ele ajuda o colégio e o filho vai passando de ano mesmo sendo o pior de todos. E o pior de todos os sonsos é o Junior, Oto Júnior, o pai com um cargo alto no Banco, vem muito à missa mas não abre a mão na coleta. Sonso, sonso, na verdade sempre atiçando, será que o pai dele não ensinou ou o pai dele também foi um sonso? Como será que começou?, e como isso tudo vai acabar? Se maio mês de Maria está apenas no início e a temperatura ainda quente e vêm todos os que já têm muitos pontos na média decorar o altar, e os hormônios e os desejos e eu passo cada vez mais apressado pelos corredores eu, um simples irmão um noviço o mais humilde irmão sacudindo meu molho de chaves preso no cordão de minha batina e rezando o tempo todo contra as tentações *vita-dulcedo-et-spes-nostra-salve.*

3. *Lacrimarum valle*

Ele foi apenas arrumar o altar, era maio mês de Maria, antes de sair apontou todos os seus lápis. Ficou bem três quartos de hora apontando os lápis novos os já gastos os cotocos, um a um, depois colocou por ordem de tamanho dentro de copos vazios de geleia em cima da mesa ao lado de uma imagem do Sagrado Coração. Olhou feliz mais uma vez para a mesa, os lápis em ordem, o Sagrado Coração flamejante, os cadernos todos encapados, os apontadores, os esquadros, o compasso e sorriu, ele era feliz. Saindo de casa passou por um jardim, na Praça do Relógio, e pegou algumas flores, jacintos rubros e amarelos, cortou o talo grosso e gosmento dos jacintos com seu canivete e saiu correndo com as flores antes de ser visto pelo vigia da praça; chegou no colégio afogueado e foi direto para a sala de aula e o altar já tinha uma toalha branca e azul-celeste que o Junior levou emprestado da mãe. Um outro levou umas toalhinhas de crochê que a avó fazia, mas eram verde, imagina, cor de altar de Nossa Senhora é apenas azul e branco, rosa até pode, clarinho; ou dourado, pode; mas verde! O Barbosinha é quem sempre trazia os enfeites mais bonitos, mas agora não se sabe mais dele. Chegam os maiores, não trouxeram nada para o altar, Ilson é o mais alto e mais forte e o mais pervertido. Ele se concentra na arrumação dos jacintos no altar, pronto para uma reação imediata caso Ilson passe a mão na bunda dele, mas ele sabe quem é a bola da vez. Bola. Da vez. Tudo acontece muito rápido ou muito devagar. O nome do Júnior é Oto, a mãe chama de Otinho e ele está nervoso, nem imagina o que vai acontecer, ou imagina e sabe que não conseguirá fugir, que é tão inevitável como deixar de ser criança. Nervoso, os óculos embaçados, Junior tenta arrumar a toalha branca e azul que levou emprestada para o altar de Maria, se tentar fugir vai ser pior, os mais velhos cercando, como uma dança, e Ilson passa a mão na bunda de Oto que tenta reagir, seus óculos caem no chão, ele não enxerga bem sem os fundo-de-garrafa e se abaixa para pegar os óculos já tão arranhados esfolados, os mais velhos cercam.

Ele foi apenas arrumar o altar e procura nem olhar ou olhar só com o canto do olho. Com o canto do olho ele olha sem querer ver, ele veio aqui apenas arrumar o altar de Nossa Senhora, é o mês de Maria e ele quer este ponto a mais na média, ele nem precisa pois já é bom aluno mas o que fazer? Agora ele está olhando apenas com o canto do olho. Ele vê. Enquanto os maiores cercam Oto ele arruma e desarruma e arruma de novo as toalhinhas de crochê verdes, as flores rubras e amarelas, e reza baixinho *ad-te-clamamus-exsules-filii-Hevae.* Os maiores cercam Junior que grita enquanto um deles tapa sua boca e o coloca de bruços sobre uma carteira. Outros seguram seus braços e suas pernas, Ilson baixa a calça e a cueca do Oto, Otinho é como sua mãe o chama. Ele olha com o canto do olho apenas e continua a arrumar o altar e rezar *ad-te-suspiramus-gementes--et-flentes-in-hac-lacrimarum-valle.* Ilson desabotoa sua calça e se encosta em Oto que tem as pernas presas pelos outros maiores que mexem nos seus paus por dentro de suas calças, um dos maiores se desabotoa mas só o Ilson está com a calça azul-marinho do uniforme do colégio toda abaixada, a cueca também. Ele continua rezando e olhando só com o canto do olho e ouvindo como se viessem de muito longe os gemidos do Ilson os gritos de Oto Junior, com o canto do olho, fascinado, aterrorizado.

Ele foi apenas arrumar o altar e não acredita no que está vendo, é tudo muito rápido ou muito demorado, ele não sabe quanto tempo levou, quantas Salve-Reginas repetiu como um autômato. Ele nunca tinha visto isso. Ele não acreditava no que via, com o canto do olho enquanto arrumava o Altar de Nossa Senhora, os outros mais novos que estavam na sala também arrumavam o altar ou conversavam como se nada estivesse acontecendo, como se Oto não urrasse, como se Ilson não urrasse também e de repente saísse correndo, Ilson e os outros mais velhos que seguravam pernas e braços do Junior, saem todos correndo para fora da sala, deixando Otinho agora apenas gemendo de bruços sobre a carteira, a bunda branca exposta, marcas vermelhas e gosma, ao longe no corredor o barulho das chaves do irmão Rui.

Ele vai até Junior e o ajuda a se recompor. Silenciosamente entrega ao colega o canivete com o qual cortou os jacintos. Vai para casa sozinho. Trancado em seu quarto, o locutor do rádio começou a repetir como todos os dias "são seis horas da tarde, é a Ave Maria", e a voz *a cappella* entra, a música, o Angelus, mas hoje é diferente e ele chorou. À noite não quis jantar, estava com febre. Febre que não cedeu, no dia seguinte e no outro não foi ao colégio, sábado e domingo não foi ao clube com a família a febre. Na segunda-feira já não tinha febre, chegou a se vestir cedo para ir à escola.

4. *Turris eburnea*

Era uma cidade antiga com ruas estreitas, casas baixas, sobrados meias-moradas moradas-inteiras, um bonde em um circular infinito circular em seus trilhos de azougue sobre as pedras do calçamento. Mas era uma cidade que se modernizava, e um negócio envolvendo o arcebispo, o prefeito e um construtor fez crescer um prédio sobre as ruínas da igreja de Nossa Senhora dos Pretos. Chamavam de arranha-céu porém era uma construção nem tão alta, uns dez ou doze andares apenas, apesar disso era como uma torre de marfim no meio dos telhados baixos, das pedras de cantaria e dos azulejos portugueses, das telhas coloniais que seguiam antigos moldes tirados da coxa dos escravos, dos jardins e dos terrenos baldios, do velho cais. No térreo do edifício fizeram lojas, uma lanchonete onde os adultos iam tomar café e a garotada *milk-shake banana-split* vaca-preta ovomaltine; uma loja de discos; um elevador que subia e descia incansável, o primeiro elevador automático da cidade; nos andares de cima, salas comerciais e apartamentos; no topo, um terraço, onde anunciaram uma piscina para uso dos moradores e de seus convidados, mas que por defeito no projeto nunca foi concluída; e pronto, a cidade se fazia moderna e se imaginava uma metrópole.

Na segunda-feira ele já não tinha mais febre, se vestiu cedo para ir à escola, o uniforme com a calça azul-marinho tão usada, a camisa branca já gasta mas brilhando de bem lavada, os cadernos encapados, os lápis apontados; ele não sabia mas o pai ia lhe dar uma Sheaffer no aniversário; e foi caminhando como sempre até perto do colégio; mas não conseguiu; dobrou à direita e andou de volta o caminho dos trilhos do bonde. Desceu a rua principal e chegou ao topo do mundo, ao topo daquela cidade que para ele era seu mundo, um edifício nem tão alto assim mas que se destacava entre sobrados, meias-moradas, moradas-inteiras e ruas estreitas de paralelepípedos do centro daquela cidade ainda uma cidade antiga, o único prédio nem tão alto do qual se dizia que tinha sido construído de forma suspeita em um terreno onde havia uma igreja muito antiga que o arcebispo mandou demolir e onde durante a escavação dos alicerces os operários acharam dezenas de esqueletos de negros escravos ali enterrados. Passeia entre as lojas da área comercial do edifício, entra no elevador, sobe, desce, sobe, vai até um dos banheiros públicos, mija, bebe água no bebedouro, mija. No banheiro, uma barata o espreita sorrateiramente, as antenas trêmulas. Ele sabe que é um risco matar aula, a cidade é pequena e certamente algum amigo dos pais vai vê-lo, de uniforme, nos corredores das lojas. Mas ele não consegue mais ir para a escola.

Um dia, outro dia. Tenta levar uma vida normal sem ir ao colégio, e passa a vestir uma camiseta por baixo da camisa do uniforme, saindo de casa tira a camisa e não é mais um gazeteiro. Não é difícil falsificar a letra da mãe, já fez isso outras vezes, agora um bilhete "favor desculpar as ausências de meu filho que está com problema de saúde". Muda o roteiro dos passeios, faz visitas, encontra outros colegas também matando aula; contam, excitados, as notícias do colégio, falam ainda do sumiço do Barbosinha, falam do padre Tarcísio, do Oto Júnior, do Ilson... Vai até a biblioteca pública e tenta ler, sabe que uma hora destas os padres vão dar por sua falta, vão telefonar para seus pais.

Mas não consegue voltar ao colégio.

Na sexta-feira também acorda cedo, veste o uniforme, passa a manhã na biblioteca, velhas coleções de *O Tico-Tico*. Em casa para o almoço rápido como sempre, pai e mãe que nada perguntam, arroz feijão frango salada e silêncio; dorme um pouco em uma rede na varanda, acorda e veste de novo o uniforme, continua suas excursões entre bairros de pouco movimento, um menino sozinho à tarde pelas ruas apertadas dos bairros mal falados, pensa "aqui é a zona" e imagina noites de farra, de música, de bebida; uma puta mexe com ele, ele ri e continua seu passeio; pega o bonde onde viaja no estribo e ruma para o prédio, o topo do mundo, ele sabe. A torre. Entra no elevador, nem precisava, ele é ainda um garoto com um fôlego inesgotável; no ultimo andar, ele sabe, já tinha vindo muitas vezes; sobe mais dois lances de uma escada escura com degraus irregulares e está em um terraço vazio e inacabado, cimento e pedaços de vergalhões expostos e se enferrujando com o vento úmido que não para de assoviar vindo do litoral, pelo terraço se pode fazer um percurso circular como o do bonde lá embaixo, dar uma volta completa olhando a paisagem da direita para a esquerda ou da esquerda para a direita e se chegar ao ponto de partida e o vento e o cheiro de maresia e as janelas que não têm vidro e são aberturas expostas para o tempo e para o sol que queima e no final da tarde se desfaz em rubros e amarelos como os jacintos; ele circula o terraço, devagar; em um canto se acumulou entulho; em uma parede, um ensaio do que seria o futuro, aplicaram todas as pastilhas e o anil das pastilhas luzindo sob o sol da tarde é como se fosse o manto cheio de estrelas de Nossa Senhora das Graças; do lado do poente um retângulo de concreto que seria uma piscina mas está vazia para sempre uma piscina vazia, para sempre, o concreto escureceu coberto de limo e a água da chuva que ali está empoçada é de um verde escuro podre onde dançam larvas e girinos e às vezes morre afogado um beija-flor. Um parapeito baixo circunda tudo e separa o terraço do que se vê ao longe: telhados das casas, ruas estreitas e irregulares com calçadas delimitadas em pedra de cantaria, aquelas pedras que eram o lastro que os navios traziam para voltar para Portugal cheios das riquezas da colônia, uma cidade antiga muito antiga; os sobrados e os casebres, mais ao longe as praias e os arrecifes e as falésias, os rios barrentos que se excitam em brigar com as águas salgadas, as marés que falam de uma regularidade de lápis apontados; os manguezais, cheios de caranguejos que fogem dos homens que se lambuzam na lama para caçá-los; mais longe ainda a perder de vista o céu sem nuvem. Ele sobe no parapeito, e já sabe, tudo muito rápido ou talvez muito demorado. Ele sabe de tudo, sempre soube. Olha para baixo, as minúsculas pessoas passando depressa; fecha os olhos, respira fundo; abre os braços e sente o cheiro do vento em seu corpo como um abraço de alguém que ainda não teve, os braços abertos e os olhos fechados, o grito das aves ao longe, o calor em seu corpo vem do sol que já se prepara para o Angelus; apurando o ouvido ele ouve talvez o mar a perder de vista.

Os sinos das igrejas começam a tocar. Primeiro a Sé, em sequência Sant'Anna, Nossa Senhora das Mercês, o Convento das Irmãs, São Bento, Santa Rita, ao longe Nossa Senhora do Desterro, todos os sinos batem e ele parece ouvir o barulho de chaves no cordão da batina de irmão Rui e então lembra que ainda é maio e que o altar de Nossa Senhora ficou inacabado e que ele ainda pode levar novas flores ou talvez pedir emprestado à mãe umas velas douradas que sobraram do último Natal; abre os olhos, respira fundo, desce do parapeito, pega o elevador para ir do topo do mundo ao chão e volta para sua casa e começa de novo a apontar seus lápis.

5. *In saecula saeculorum*

É como olhar para trás, para um passado distante, um dia alguém abre uma mala velha guardada em um porão de uma casa que vai ser demolida e encontra cadernos escritos com aquela mesma letra certinha e tão familiar. Nos cadernos, coisas coladas: recortes de jornais, de revistas que já nem existem; bilhetes rabiscados em pequenos pedaços de papel, em fichas de cartolina; em um guardanapo de papel macio a marca de um beijo em batom talvez ainda tenha um pouco do cheiro do perfume de rosas; entradas de cinema muito amassadas; flores secas prensadas entre as páginas; provas e redações com marcas em caneta vermelha, na margem um recado do professor "parabéns pelo enredo mas cuidado com os pronomes!" ou "procure ler mais os clássicos!"; retratos três por quatro com dedicatórias "nunca me esqueça"; fitas; santinhos; medalhas. Fragmentos. É como tentar entender o que aconteceu, os anos foram como séculos que se passaram deslizando nas páginas amareladas de cadernos pautados todos iguais mas todos diferentes, de lá salta o que já não se foi ou nunca mais se será; os séculos passaram os amigos se separaram as pessoas morreram ou não morreram mas hoje são outras pessoas e um dia você quer viver aquilo tudo de novo agora, você quer pois você já é também outra pessoa, você quer viver aquilo tudo para poder viver diferente, para poder mudar o que não pode nunca mais ser mudado pois já passou e já está ali como em um túmulo de papel, os cadernos todos iguais com a mesma letra regular em uma velha mala velha em um porão de uma casa que por fim foi demolida.

E folheando os cadernos você olha para trás, para alguém distante que escreveu nos cadernos. Você mesmo. As memórias. Tempos difíceis, aqueles, de tentar entender o mundo, de sobreviver, de manter viva a esperança, hoje você sabe como foi difícil, e dos cadernos que você folheia saltam os fragmentos as lembranças e aos poucos a história toda volta para você e aos poucos você é ele de novo

Maio passa, junho, esfria o tempo e todos esperam as festas, São João, São Pedro. Este ano a novidade é que o colégio dos padres vai fazer com o colégio das freiras uma quadrilha, meninos e meninas dançando juntos pela primeira vez. Os ensaios são aos sábados, uma vez no pátio dos padres a outra no pátio das freiras, todos acham tudo muito divertido. Padres e freiras atentos, qualquer gesto, fala ou olhar mais afoito pode ser motivo para suspensão, pais chamados ao colégio, vergonha. Eleição nos colégios para escolher os noivos da quadrilha, os votos são comprados em benefício das obras de caridade, cada pai querendo ser mais rico para comprar mais votos para seu filho ser o noivo ou sua filha a noiva.

Maio. Junho. Julho. Todos esperam as férias, o semestre foi muito difícil, e nas férias de julho quem pode ir para a praia vai e terá histórias para contar na volta das aulas, quem não pode fica circulando pelas ruas desertas e frias. Preguiça de acordar de manhã, preguiça de abrir um livro, preguiça de levantar cedo para ir ajudar a missa, preguiça de se confessar. No colégio vazio de alunos os padres sentam à tarde em espreguiçadeiras no pátio, conversando. Um ou outro menino vai de vez em quando visitar os padres sob o olhar comprido do padre Tarcísio.

Julho passando, a Miss Universo brasileira é capa de todas as revistas e muitas mães mandam as costureiras fazer vestidos iguais aos dela. Quando as aulas começam o tema das redações que sempre seria "Minhas Férias" para surpresa de todos passa a ser "comparar a beleza da mulher Miss com a beleza de Maria Nossa Senhora". Uma vai passar, a outra é eterna e espiritual.

Julho, agosto. No Dia do Soldado o desfile é imponente, os alunos marcham e batem continência para um palanque de onde o

Governador acena em seu terno de linho branco, e uma missa é cantada na capela do colégio na intenção de livrar o Brasil do Comunismo. Setembro, outubro, novembro, o ano vai acabando rápido rápido, as provas finais, Natal, três meses de férias, adeus amigos, será que nos encontraremos de novo, onde e quando, lágrimas furtivas, apertos de mãos abraços juras de eterna amizade e um ano novo o que trará?, todos esperam, os pais preocupados com a situação, a carestia, o comunismo, a volta às aulas. Alguns alunos que querem ser padres e sonham começar o novo ano letivo já estudando no seminário, dizem que é o chamado de Deus, a vocação, e se preparam para isso com novenas e penitências, dão para as crianças pobres os presentes que ganharam, algumas famílias não querem perder seu menino para a Igreja e os pais tratam de arranjar uma mulher na zona para o filho, outras famílias ficam muito orgulhosas e as mães começam a bordar monogramas nas peças para o enxoval do filho no Seminário.

Recomeçam as aulas e o tema da redação volta a ser "Minhas Férias". Os alunos mais velhos que já vão estudar para o vestibular e se reúnem em grupo para leituras sobre Filosofia decidem, por votação, seguir além de Santo Agostinho e logo planejam chegar aos filósofos mais recentes, quem sabe até Sartre?, quando debatem Nietzsche há uma comoção, "Deus está morto?" aparece escrito nos quadros-negros de todas as salas, os menores ficam chocados, alguns choram, e o padre diretor manda pararem as leituras, mas depois permite que recomecem quando Irmão Rui se compromete a participar do grupo para orientar as discussões. Os padres após o jantar passeiam no pátio, conversam nas espreguiçadeiras sobre o Concílio, as mudanças, o fim da missa em latim, o altar voltado para os fiéis, uns são contra, entre eles o padre Tarcísio; o irmão Rui é a favor; mas a maioria fica em silêncio, acha que talvez esta novidade não venha para ficar. Imagine, deixar de rezar a missa olhando o Santíssimo para olhar este povo feio. Um final de semana o arcebispo vem à capela do colégio celebrar uma missa e depois se tranca com o padre diretor em seu gabinete; na segunda-feira, operários são chamados para uma obra urgente na capela e o altar, como em um piscar de olhos, fica voltado para os fieis; os alunos arranjam pretextos para entrar e ver a novidade e comentar em casa. No dia seguinte, a terça-feira, já na missa das seis da manhã a capela está cheia, todos querem ver a primeira missa em português mas o padre Tarcísio, embora de frente para os fieis, diz alto ainda em latim "Introito ad altare Deum"*. Irmão Rui puxa o coro, em português, "ao Deus que alegra minha juventude". Eram jovens, todos muito jovens.*

O ano mal começado e o perigo do comunismo cada vez mais forte, a baderna, as orações para que Nossa Senhora Aparecida salve o Brasil dos comunistas que não têm lei não acreditam em Deus, na Rússia os pais maltratam os filhos e os filhos delatam os pais, as igrejas são fechadas e viram prostíbulos Deus nos livre! E um dia um meio de semana em que o colégio fechou, abril chegando, todos foram mandados de volta para casa pois as ruas estavam cheias de soldados e não se sabia direito o que era, se já o comunismo ou o que ia acontecer. Abril e as orações para que Deus os ilumine, os militares, as preces, o ouro para o bem do Brasil.

E chega maio de novo, com as flores e os altares para serem arrumados. Outro maio, outro, outro e os amigos se separam, choram e juram que vão se ver sempre, uns vão estudar em outra cidade, outros ficam por lá mesmo, e de vez em quando se encontram por acaso e perguntam: "lembra de?", "lembra?", "?" até que as memórias fiquem cada vez mais escassas como as flores nos altares que aos poucos deixam de ser arrumados.

6. *In hora mortis nostrae*

Padre Tarcísio pensa: "*Introito ad altare Deum, ad Deum qui laetificat juventutem meam*". Como era lindo, rezar em latim, aí Roma mandou esquecer o latim e virar os altares para a frente do povo, e passei a ter que ficar olhando o tempo todo aquelas pessoas feias, as beatas mal-amadas, as crianças sebosas, os homens trêmulos com bafo de cachaça. Bom mesmo era antes, eu falava em latim as palavras que ninguém entendia e os coroinhas respondiam em um latim decorado com sotaque carregado. "*Hoc est enin corpus mei*". Incenso, vinho bom nos galheteiros, coroinhas bem adestrados, os corpos ficando homem por dentro das batininhas e ainda o sorriso de criança, a pele macia, a penugem.

Padre Tarcísio sorri, lembra-se de quando ele mesmo era um coroinha e já deixava loucos os padres, dá de ombros, faz tanto tempo, e continua imerso em seus pensamentos: "*Hosana in excelsis Deo*", hoje os coroinhas é que me deixam louco. Aí veio o Concílio e acabou com a missa em latim e tempo depois veio o arcebispo. "Rumores", o arcebispo disse depois da cerimônia do lava pés, "ouvi rumores", e me tirou de capelão do colégio e me mandou para este exílio na paróquia do bairro de palafitas. Não mais os ricos paramentos bordados pelas freiras, não mais a comida farta e saborosa do refeitório dos padres, não mais o vinho caro na missa e os coroinhas bem banhados, não mais os dias inteiros no confessionário ouvindo apenas pecadilhos, "contra a castidade em pensamento, respondi para meus pais, orgulho, avareza, gula", não mais. Agora uma igreja sem nenhum enfeite, uma fina mão de cal sobre os tijolos e no chão o ladrilho mais barato, já construída com o altar para a frente, de costas para uma cruz tosca com um cristo mais magro do que sofrido, os paramentos de tecido sintético, um vinho da pior qualidade, uma casa nos fundos da igreja que em pouco difere dos casebres de onde saem catadores de caranguejo, putas e meninos magros cheios de vermes para missas tensas e confissões onde tenho que ouvir imperturbável "roubei, fazer o quê?, é meu trabalho", "matei, tinha bebido muita cachaça", "meu marido abusa de nossa filha", "fazer o quê?", curras, adultérios, roletas-russas, mortes gratuitas, incestos, paranoias, alucinações de fome e cachaça e loucura, fazer o quê?

Padre Tarcísio pensa, enquanto arruma um pouco a casa, a parca casa de padre, a empregada já foi embora e a pedido dele deixou a janta preparada, hoje um pouco mais farta, a farinha d'água renovada no farinheiro, e duas cervejas geladas. A mesa foi posta para um, como sempre, mas o padre arruma para mais um, enquanto pensa.

Padre Tarcísio pensa, enquanto toma um banho e passa polvilho antisséptico nas partes, um perfuminho, hoje ele não veste a batina e sim uma roupa esporte que tenta ser descontraída, pensa e espera.

O que padre Tarcísio não sabe é que a visita que ele espera está se emaconhando, se enchendo de diamba, de cachaça, de merla, pelos becos e botecos da redondeza, tem que fazer hora pois não pode ser visto entrando na casa do padre atrás da igreja, enquanto ele faz hora se droga e se embebeda, enquanto isso padre Tarcísio descansa um pouco e pensa.

A visita que padre Tarcísio vai receber também pensa, pensa que lá deve ter algum dinheiro guardado da coleta da igreja, e a vitrola, e talvez alguma coisa de mais valor que os trocados que padre Tarcísio lhe dá a cada visita, ele pensa e aperta o pau por dentro da calça simples, um pano barato, e acaricia a faca escondida dentro de uma bainha falsa que ele mesmo costurou na calça, ele pensa e resolve que antes de esfaquear o padre e levar as poucas coisas de valor ele vai deixar o padre chupar gostoso o pau dele e vai bem comer o padre e gozar muito, ele não é burro de por assaltar deixar de gozar, vai é gozar muito antes, depois ele faz o que tem que fazer, sem pena, sem remorso, fazer o quê?

Pancadas fortes na porta despertam padre Tarcísio de um torpor uma madorra um cochilo ao qual o levaram tantos pensamentos. Tremendo e ofegante, de susto e de tesão, pensa que sua visita deveria ser mais discreta ao bater na porta, afinal é uma igreja. As pancadas continuam, ele abre a porta pronto para pedir silêncio mas recua, de susto e de nojo: uma mulher muito magra, mal vestida e descabelada, chora baixinho e se ajoelha a seus pés, ele parece ver um vulto de homem escondido no beco escuro, a mulher pede implora que ele vá com ela, o filho pequeno está morrendo e só ele para fazer alguma coisa, nem que seja a extrema-unção. Padre Tarcísio suspira resignado, deixa a mulher na porta enquanto pega a maleta com os paramentos e os santos óleos. Ao passar pelo beco seguindo a mulher não há mais nenhum vulto, apenas a noite escura e o cheiro do esgoto aberto.

Como a maioria das casas da vizinhança, a casa da mulher é um barraco de tábuas apoiado em madeiras sobre o mangue, na maré cheia a água sobe até quase inundar a precária construção. O cheiro é muito forte, as casas não têm banheiros e os dejetos e todo o lixo são jogados no mangue mesmo, abaixo das casas, onde se misturam à lama e aos caranguejos. No único cômodo, cinco crianças se aglomeram deitadas em esteiras no chão; uma criança tosse, respira ruidosamente, tosse. Padre Tarcísio não precisa tocar a testa do menino para saber o que é, e que é preciso levá-lo logo, buscar ajuda, a mãe diz que tentou mas não conseguiu vaga em nenhum hospital nenhum pronto-socorro, apenas a febre e a diarreia e os olhos fundos como os das outras crianças que perdeu, pelo menos que esse fosse para o céu um anjinho se o padre desse o sacramento. “Qual o nome dele?" "Gabriel" "Pois vista o Gabriel e vamos comigo. Já, já, já!" imperioso. No pronto-socorro ao "não temos vaga", padre Tarcísio ordena, majestoso, como a missa em latim, brada, ameaça ligar para o arcebispo, para os jornais, para o senador tão amigo, e uma vaga se faz como um milagre. Na enfermaria cheia de velhos crianças pacientes terminais, Gabriel, medicado, entubado, finalmente para de tossir e respira melhor; ao lado da cama a mãe dorme e padre Tarcísio reza seu terço. *Vita dulcedo et spes nostra salve.* A manhã chega avisando ao padre que é hora de ir rezar a missa das seis, ele se despede da mãe, sabe que é muito pouco o que o menino precisava e que este está salvo, pelo menos este, pelo menos desta vez. O que padre Tarcísio não sabe é que nesta noite ele é quem foi salvo pelo Gabriel, este mesmo Gabriel bebê que daqui a alguns anos o padre nem vai reconhecer no mais novo coroinha a adolescência chegando o cheiro de hormônios no ar.

7. *Te Martyrum candidatos laudat exercitus*

(...) 17 de novembro de (...). Por Cristo e pela Pátria. Depoimento número (...) O depoente, sr. (...), identidade (...) declara que é o padre diretor do colégio (...) e como tal se identifica, e responde ao que lhe é perguntado (...) sobre o senhor Adelmo Silva Freire ou conhecido como irmão Rui o depoente declara (...) que o indivíduo em questão entrou para a ordem muito jovem e que sempre se destacou pela religiosidade e que nos últimos tempos era o responsável pela disciplina do colégio durante o dia (...) que (...) não teria nenhum reparo ao comportamento do irmão Rui (...) e que o senhor religioso em referência é membro de família muito tradicional da região e que no período em que foi o responsável pela disciplina do colégio no expediente diurno nunca tivemos fatos que desabonassem sua conduta, (...) declara o depoente que

por isso a diretoria do colégio viu com bom grado o pedido do assim chamado irmão Rui por uma sala para (...) filósofos pré-socráticos (...) doutrina cristã (...) o depoente declarou que na sala solicitada pelo irmão Rui para utilização a noite com debates de filosofia (...) nunca (...) soube que nos debates se estudasse a teoria marxista (...) sempre (...) o irmão Rui nos reportava que estavam discutindo os pré-socráticos, Aristóteles, Santo Agostinho (...) melhor família da região e muitas doações ao colégio (...) o senhor arcebispo (...) nenhum reparo (...) reconhece que (...) o grupo de estudos a noite para discutir os filósofos pode ter avançado além do que devia (...) existencialistas (...) mas mesmo que isto tenha realmente ocorrido com certeza irmão Rui não seria o responsável (...) profundamente católico e devoto e os princípios cristãos como os senhores sabem são incompatíveis com ideologias alienígenas (...) O referido é verdade e dou fé

Estava chegando o dia dos votos definitivos de irmão Rui. Cerimonial simples e bonito, cheio de significado, ele ia ficar prostrado no chão da Sé, junto com os outros seminaristas, o arcebispo conduzindo a cerimônia; mas quase na véspera ele falou com o confessor, "ainda é cedo". O padre diretor foi até ele e perguntou, "por que cedo?, Deus e seu chamado, está na hora, mais um ou dois anos como um simples irmão sem os votos definitivos?" Ele se ajoelhou aos pés do padre diretor, ele se ajoelhou aos pés do arcebispo, ele achava que a fé dele ainda não era forte como o molho de chaves que carregava dia a dia na batina fazendo barulho. Adiou os votos para o ano seguinte, mas o ano seguinte não veio, um ano que ficou em suspenso na memória de todos, um ano cuja dor sempre quis se esquecer. Outro ano, outro. Começaram discutindo os pré-socráticos e Santo Agostinho mas foram até Nietzsche já estavam em Freud em Marx quando. Quando chegaram para prender o irmão Rui e dispersar o grupo de estudos de filosofia ninguém disse nada, ninguém poderia dizer nada, jogaram o irmão Rui no camburão na frente dos alunos todos e ele pensava, ainda bem que sou preso assim, na frente de todos os alunos, se sou preso na noite na madrugada me matam, e aí não ia ter nem como gritar. Arrancaram a batina dele, bateram nele e ele apanhava rezava e pedia, "chamem o padre diretor", até que

Depois do depoimento o padre diretor saiu do quartel em seu carro dirigido por um noviço e foi para o Palácio Arcebispal. No caminho, rezava sem parar, em silêncio, o seu terço. O arcebispo estava descansando depois do jantar, no pátio interno do palácio, um lago de carpas e um pavão. O padre diretor se ajoelha e beija o anel de ametista, o arcebispo com um gesto ordena que se levante e sente-se ao seu lado. De pé, na porta do pátio, o noviço apenas observa e ouve a voz de um ou do outro que se eleva no silêncio. Batem os sinos das igrejas e por fim o arcebispo se levanta e irritado vai até o telefone. Uma, duas, três ligações telefônicas, sua voz cada vez mais exaltada, o padre diretor espera sentado, o noviço espera em pé e aproveita para seu exame de consciência e suas orações, o pavão persegue uma osga que se esconde entre as pedras dos muros, as carpas nadam em círculos, o arcebispo volta e diz apenas: "vá buscá-lo, ele é seu", com um gesto ríspido impede que o padre diretor se ajoelhe ou beije novamente seu anel de ametista.

Quando o padre diretor chegou no quartel quase não havia mais nada a fazer, como um cristo descendo da cruz sangrando sangrando estava lá o irmão Rui. O padre diretor falou, suavemente: "eu vou levar o irmão Rui". Os militares se entreolharam; um, o mais cínico, disse, "irmão Rui está sob custódia da Revolução", mas o mais graduado apenas sorria irônico. O padre diretor ficou firme, insistiu, ele é um Cavalcanti, acostumado a mandar e a não se submeter. Até que o militar mais graduado recebeu um telefonema e parou de sorrir, fechou a cara e mandou um soldado abrir a porta da cela. Era madrugada, irmão Rui foi levado cheio de sangue e feridas e hematomas até o colégio e no dia seguinte o padre diretor conseguiu em uma rota de fuga tirá-lo de lá, pouco tempo ele estava em uma embaixada semanas depois na Europa, pleno inverno, em um país frio cuja língua estranha ele tinha que aprender, morando em uma vaga em um quarto em um apartamento escuro e com um emprego de faxineiro de metrô, aí ele ouvia as linhas do metrô como antes ouvia as chaves e as orações e não recebia nenhuma notícia do Brasil e sentia saudades de tudo, da comida principalmente, um dia ele caiu ou se jogou nos trilhos um dia quando por algumas horas o metrô ficou fechado e as pessoas naquela língua esquisita que irmão Rui não chegou a aprender reclamavam pois tudo ia atrasar mas só um tempo, um tempo curto, horas, nem um dia, logo tudo se regularizou e os trens voltaram a andar como sempre.

8. *Pulvis es et in pulverem reverteris*

É como não querer mais olhar para trás, nunca mais, para um passado distante, os séculos passaram passam e vão continuar passando, e você na verdade agora quer esquecer tudo e a mala velha encontrada no porão queima com os velhos cadernos todos iguais com a mesma letra regular a casa foi demolida e no terreno que vai ser limpo e vai subir um edifício você joga álcool e um fósforo e faz uma fogueira, a única testemunha são as urtigas e os calangos e o vento que vem úmido do mar e os cadernos queimam e as memórias viram cinzas fuligem pó e tudo volta ao pó e você olha o relógio e são seis horas da tarde mas não tem mais Ave Maria.

9. *Veni Sancte Spíritus et emitte cáetilus lucis tuae rádium*

Era uma época em que todas as noites surgiam festas novas, ele já não era mais tão jovem mas tinha ganho um bom dinheiro na Bolsa e em outros negócios mais ou menos escusos e podia ir todo dia a uma festa, beber, cheirar, foder, e no dia seguinte seguir imperturbável para seu escritório com os fantasmas da noite anterior escondidos atrás dos *ray-ban wayfarer* bem escuros. Pagava uma nota de pensão para duas ex-mulheres e três crianças mimadas, mas mesmo assim tinha bastante dinheiro para estas noites estas festas estas drogas estas mulheres cada noite renovadas.

Era uma época em que todas as festas eram loucas, no meio de um salão cheio de pessoas engravatadas um casal nu trepava, uma cigana distribuía sortes e baseados. Comenta-se que em uma das festas houve um quase suicídio, uma modelo se trancou no banheiro da suíte e ligou o gás, o dono da casa arrombou a porta, nem tanto para salvar a moça (que, talvez envergonhada, nunca mais foi vista, dizem que se mudou para Mauá ou algum outro destes refúgios da contracultura) e sim para liberar para os convidados a partilha de cocaína que ele tinha guardada na caixa de descarga do banheiro.

Era uma época em que todos os nascer do sol eram o mesmo nascer do sol, em nada diferentes do pôr do sol, nem mesmo pelo teor alcoólico, pois ele começava a beber na *happy-hour*; dormia um pouco; e na madrugada, como um vampiro insone, ia para uma festa a cada dia outra mas talvez sempre a mesma, como mesmos eram os alvoreceres, os crepúsculos, as mulheres que beijava e fodia, os dias que o levavam cada vez mais longe de um passado que ele já nem lembrava e de um futuro que ele achava que tinha perdido para sempre.

(A primeira vez que ele matou um homem – na verdade um menino, e ele também era um menino – foi difícil, ele sentia ódio muito ódio mas, quando viu o sangue que jorrava, se arrependeu, queria estancar o sangue que brotava de um corte certeiro; chegando em casa queimou suas roupas, sua mãe chorava sem entender o que fazia este menino coberto de sangue, antes de sair de casa para sempre tomou um banho e tocou uma punheta. Das outras vezes foi mais fácil, bem mais fácil)

Uma festa, de amigos de amigos e lá foi ele. Na enorme sala cheia de estantes com livros em encadernação de couro ou falso couro, muitos quadros nas paredes, obras de arte, muranos, gallés, porcelanas, tapetes orientais, iluminada apenas com velas em gigantescos castiçais de prata, uma mulher muito branca e muito velha, coberta de joias e borrada de maquilagem estava cercada de uma pequena multidão de bichas e contava incessantemente histórias de quando o marido era Embaixador em um pitoresco país de terceiro ou quarto ou quinto mundo. Um pianista repete as mesmas notas em um piano pintado de branco; em um sofá exageradamente florido um cego lê a mão dos convidados que riem e fazem fila, todos querem saber o futuro; ele não. O apartamento é uma cobertura ampla, muito ampla, em um prédio muito alto. Pessoas sobem para o que deve ser a parte mais animada da festa por uma escada grandiosa de mármore com corrimão de bronze dourado, mas ele continua explorando as salas, saletas, corredores, a mesa de jantar coberta por linho bordado e frutas maduras, abelhas em torno dos gomos de uma jaca pousada sobre uma travessa de porcelana Companhia das Índias (alguém comenta que a Embaixatriz sempre gostou de um toque tropical), o cheiro da fruta e de incenso e de maconha, as notas soltas do pianista agora formando um *blues*, o burburinho das conversas, ele pega uma taça de *champagne* e faz brindes ao vento.

Ele está cafungando outra carreira ao lado de duas mulheres nuas que se beijam quando ouve, ao longe, um som que vai crescendo e aos poucos identifica, a *Ave Maria* de Gounod, cantada por uma voz de soprano, ele não entende muito de música clássica mas isso ele sabe o que é, é exatamente como ele ouvia na sua infância, olha o relógio pois por um momento pensou que seriam seis horas da tarde e o locutor ia dizer: "É a Ave Maria" e começar a recitar o Angelus, mas não, ele não está em uma sala de um colégio preparando o altar de Maria no mês de nossa senhora, ele não é mais uma criança e os rádios agora tocam outras músicas, a vida não para mais na hora do Angelus, seis da tarde, é uma noite sem lua em uma festa em uma cobertura cheia de tapetes raros e pessoas enlouquecidas.

Mas ele não está sonhando, ele ouve a mesma *Ave Maria* e segue o som e sobe pela escada de mármore que leva a um terraço com palmeiras imperiais e uma piscina enorme, quase uma piscina olímpica ou semiolímpica, ele não entende bem disso, quais as dimensões de uma piscina olímpica?, mas sabe quanto deve ter custado aquele mármore todo no metro quadrado mais caro do mundo, e no terraço uma mulher linda em um vestido azul cintilante canta a *Ave Maria*, nada de mais, cada pessoa que dá uma festa tem que inventar atrações novas, mês passado ele foi a uma festa onde um policial tirava o uniforme, um falso policial, claro, tirava a roupa e se masturbava, gozava muitas vezes em jatos no rosto de quem quisesse, em outra festa uma mulher nua se fingindo de morta em uma cama, o som era um Réquiem, era seviciada por anões, cada um que dá uma festa quer fazer diferente e se destacar até ser desbancado pela festa da semana seguinte, muito dinheiro, muita droga, muita falta de futuro ou de passado, ele sabe.

Ele continua ouvindo a *Ave Maria*, chega mais perto da piscina. Algo na mulher que canta lhe parece estranho, a mulher linda em um vestido azul com fagulhas de diamantes ou pequenas estrelas parece um homem, um travesti, a mulher continua cantando, *et-benedictus-fructus-ventris-ventris-tui-Jesus*.

Júnior (há muito ele esqueceu o Otinho) se aproxima da piscina enquanto a cantora ou cantor, sem perder a afinação, começa a descer degrau a degrau a escada da piscina, entra na piscina e com o vestido azul brilhante parece um ser marítimo, uma ninfa aquática, uma sereia, uma deusa criada pela espuma do mar e que volta para sua origem. Uma das mulheres que estavam se beijando, a ruiva, se joga, só de calcinha, na piscina, em um salto mortal perfeito; a cantora ou cantor lentamente tira o vestido como uma cobra que se despe de sua pele; outras mulheres e homens entram na piscina, de roupa, de cueca, nus; até uma criança, um menino, se joga na piscina totalmente vestido e daí a pouco está nu, nadando como os peixinhos de Tibério, os efebos de Capri. Os seios redondos perfeitos da cantora mostram que deve mesmo ser um travesti com silicone de altíssimo nível, por não ter tirado a calcinha preta mínima infere-se que não deve ser um travesti operado. Júnior aprendeu em seu trabalho a olhar todos os indícios, a coletar todas as informações, a não ter medo de nada; e olha tudo, fascinado, quando a *Ave Maria* acaba (*In hora mortis, mortis nostrae In hora mortis nostrae Ave Maria*).

Um breve silêncio, alguns aplausos, de algum lugar vem o som de uma música dançante bem ao gosto da época, as pessoas continuam na piscina, se beijam, dançam, o menino cansou de nadar e corre nu pelo terraço, a Embaixatriz impassível olha a criança o filho o neto o bisneto correndo nu pelo terraço, afinal é uma festa, o travesti recolhe sua pele azul fulgurante vazia e sai da piscina. Júnior acha que há algo familiar naquele rosto. Não consegue parar de olhar fixamente o travesti, que chega até ele e ordena, a voz de soprano deu lugar a uma voz rouca, áspera, amarga: “me serve uma bebida. Pura. Sem gelo. Esta merda desta piscina está muito fria”. Algo familiar na voz, no olhar, ele vai até a enorme mesa de laca chinesa onde estão as bebidas e volta com uma dose dupla de uísque, *cowboy*; ao entregar o copo ao travesti ele pergunta, num sussurro: “Barbosinha?”. É. A centelha no olhar de Barbosinha mostra que Júnior tem razão; mudou muito, mas ele também mudou muito. Um momento apenas de silêncio, e logo o travesti ri, sacode a cabeleira, de novo é a Diva, e fala, com a voz rouca: “Completa. Ativa e passiva. Trezentos. Dólares”.

21./ Como não aprender a nadar

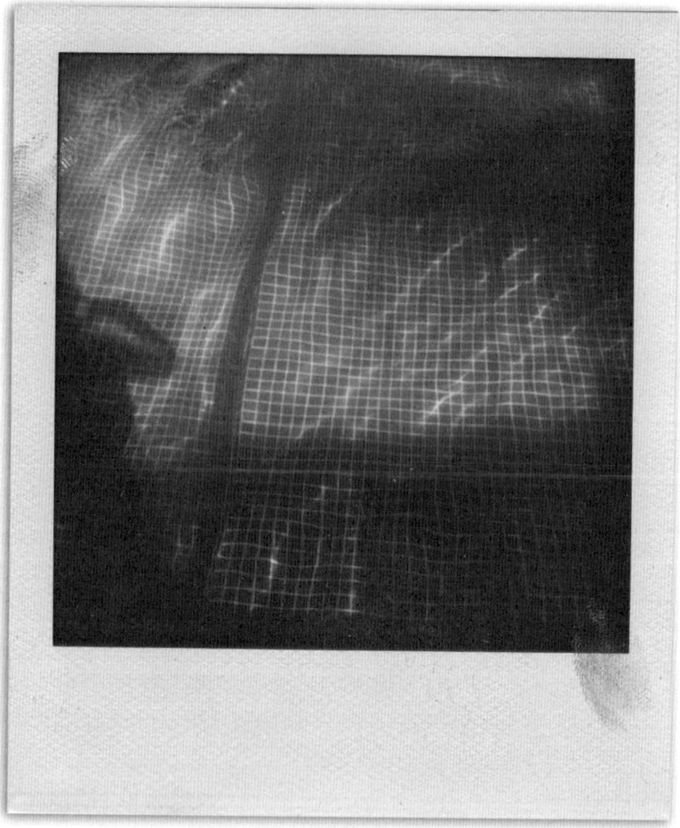

"Então num susto percebi que meu corpo e minha alma tinham sobrevivido."

Clarice Lispector. "Morte de uma baleia", em "A descoberta do mundo"

Ele abre a porta, o mesmo sorriso inexpressivo de sempre, "bom dia", "bom dia", entro e me deito e começo:

"de novo o sonho, uma piscina enorme, eu e uma turma de crianças, meninas, meninos, todos nadando, como um bando de golfinhos carpas enguias, brincando, alguns eu conheço ou conhecia, outros não, no sonho também sou uma criança, a piscina é muito azul, um azul escuro, azul-ultramar, a gente nada na superfície, mergulha, eu saio da piscina e subo no trampolim para um salto, minha mãe e meu pai estão sentados em espreguiçadeiras na beira da piscina, se bronzeando, era a época em que se pegava sol para ficar bronzeado e se passava *rayito de sol* comprado no contrabandista, não existia buraco na camada de ozônio, eu subo as escadas do trampolim e me jogo lá do alto me jogo como um voo flutuo no espaço e vou caindo na piscina mas de repente vejo sinto que a piscina está vazia, de repente, vazia, vazia, não só sem ninguém nadando, ela está vazia de água, está seca, totalmente seca, e eu não posso mais desistir de meu salto mesmo sendo um sonho pois já estou caindo de cabeça na piscina seca, bato com força no chão da piscina e sinto o sangue e onde minha cabeça bate e sangra os azulejos quebram e se faz um buraco e eu mergulho por este buraco escuro que me engole de novo"

Silêncio

Silêncio

"muitos outros detalhes, esqueço alguns, as outras crianças nadando na piscina estão todas nuas, como peixes brancos descamados, mas eu não, meus pais também estão nus deitados cada um em sua espreguiçadeira branca mas com óculos escuros negros muitos muitos outros detalhes que tento tento mas não consigo lembrar"

Silêncio

Ele diz: "tenta escrever"

Silêncio,

ele abre a porta "até a semana que vem", "até"

Na semana seguinte trago, escrito e ilustrado, e mostro: "aqui está"

"Tenho certeza de que muitos nadadores entram na piscina como certos ateus ou pessoas vagamente espirituais entram em igrejas, somente para esquecer um pouco de si mesmas e experimentar qualquer coisa que as ultrapasse."

Daniel Galera. "Piscinas"

"Você
Precisa saber da piscina"

Caetano Veloso. "Baby"

A Luiz Ruffato e aos participantes da Vivência Literária da Estação das Letras, pela paciência e sugestões. A Rosangela Dias, Luis Moreira, William Oliveira e a toda a equipe da Apicuri, pela força e pela parceria. A Clara Silva, pelo projeto visual criativo e eficaz. A Martín López-Vega, pelo belo texto. A minhas irmãs, Lucia e Lydia, pelo muito que nadamos juntos. Ao Cristiano Muniz Fagundes, companheiro de tantos incêndios e tantas alegrias.

Para uma antiga vizinha, *in memoriam*, que ouvia todas as minhas conversas e me deixava bilhetes anônimos agressivos; e com isso me ensinou a desconfiar.

À Secretaria de Cultura de Minas Gerais, pela premiação e pelo incentivo. Ao João Pombo Barile, por me apresentar uma Belo Horizonte literária e tradicional.

É tudo ficção, não custa repetir, mas agradeço também aos amigos, aos conhecidos e aos desconhecidos que se reconhecerem em pedaços destas minhas histórias ou personagens.

1ª edição - Maio 2016
Capa - Cartao LD 250g
Miolo - Polen Bold 90g
Fontes - Chronicle Text e Prestige Elite
Impresso na Bartira Gráfica e Editora